新　潮　文　庫

めぐらし屋

堀 江 敏 幸 著

新　潮　社　版

8985

めぐらし屋

黒い背にすり切れた金文字の商標が入っている厚手の大学ノートをひろげたとたん、蕗子《ふきこ》さんは言葉を失った。表紙の裏に画用紙の切れ端が貼《は》りつけてあって、そこに黄色い傘が描かれていたからである。粗い筆致のクレヨン画で、きれいに開いているのと閉じられているのと二本、輪郭は黒、柄の先のハンドルにだけは茶色が使われており、開いている傘の近くに、赤いランドセルを背負ったちいさな女の子が立っている。

わたしのだ、これ、わたしの絵だ、と蕗子さんは思った。

最後まで手をつけずに残しておいた文机《ふづくえ》のうえの、こまごましたものを右袖《みぎそで》の引き出しに入れようとしたときそこにノートが何冊か入っているのが目につき、うち一冊をたまたま手に取って開いてみたら、いきなりそんな絵が出てきたのだった。びっくりしてよくたしかめてみると、大きさこそちがうけれど、どれにも黄色い傘の絵が貼られている。

かつて蕗子さんが通っていた小学校には、厚いテント布のような生地の黄色い傘が靴脱ぎ場の隅に置かれた木箱に常備してあって、天気が急に崩れて帰れなくなった生徒らに貸し出すしくみになっていた。

あの日、渡された傘は、撥水《はっすい》加工がしてあるはずなのに、雨に濡《ぬ》れるとなぜかどんどん水を吸って、重量を増していくように感じられた。蕗子さんは下からの風にあおられて吹っ飛びそうになり、登下校路のなかほどにある公民館に駆け込んで風が弱まるのをしんぼうづよく待った。傘がないと帰れないから借りたのに、それがかえって邪魔になるなんて、ずいぶん間の抜けた話である。

赤くて軽い傘を、蕗子さんは持っていた。友だちの多くはいろんな絵柄のついたのを買ってもらっていて、雨の日は、これ見よがしに、くるくるまわしながら登校してくる。ああいうのにすればよかったかなと、ちょっとばかり後悔したこともあったけれど、入学祝いに必要なものを一式そろえてあげようと祖父母に言われたとき、笹間《ささま》商店街のなかほどにあったお店でさして迷いもせずいちばんあっさりして扱いやすい種類を選んだのは、ほかならぬ蕗子さん自身だった。

お店のひとに言われたとおり、使ったあとは雑巾《ぞうきん》できれいに拭《ふ》いて、じゅうぶん乾かしてから片づけるほど大切にしていたその傘の魅力がすっかり色あせてしまったのは、梅雨入りまえの、ある日の午後のことだ。朝方はからりと晴れていたし、予報でも終日晴れの見込みだったのに、授業が終わろうとするころ、空がみるみる暗くなって大粒の雨が落ちてきた。校庭の北側の、鉄棒がならんでいるところにおおきな欅《けやき》が数本立っていたのだが、梢《こずえ》のあたりが雷でにぶく光り、強風にしなっているのを、蕗子さんは震えながら眺めていた。

最後の授業が図画だったことも、はっきりと記憶にある。スケッチブックではなく画用紙に水彩を描くようにと言われ、お手本として横長の教科書に出ていた一枚の絵を示された。むずかしい表現を使うと、これは模写と言います。そこに出ている絵を写してみてください、色もできるだけ近づけてみましょう。先生が命じると、みなモシャだモシャだと騒ぎながら、それでも真剣に取り組みはじめた。

巨大な樅《もみ》がどこまでもつづく雪の森のなかを、少年の郵便配達夫が犬ぞりを駆ってこころぼそげに走っていく。画面に比してその少年の割合はひどくちいさかった。風にしなって右方向にぐいと傾いている木々の上の空は、灰色と緑色をまぜあわせた陰気な色に染まっている。どうしてこんなに暗い絵を写さなくちゃいけないんだろう。合点がいかなかったけれど、とりあえず木を描いて緑に塗ってやればいいかな、と蕗子さんが気楽に構えていたら、空の色をがんばって出してみよう、絵の具をうまく混ぜ合わせてそれらしい色を自分でつくってやるといいですよ、と指示があったので、あわてて計画を変更し、空に取りかかった。すると突然、先生が窓の外に顔を向けて、声をあげたのである。

「みんな見てごらん、いま描こうとしてるのと、まったくおんなじ空になった」

ほんとうに、少年配達夫の空だった。なにもかも絵のなかにそっくりなその空から大粒の雨が降り出し、終業のチャイムが鳴って掃除の時間も過ぎ、校庭での遊びをあきらめて帰るころあいになってもやまなかった。そうこうするうち、担任の牟《む》田《た》先生がにぎやかな鍵束《かぎたば》を持ってやってきて、戦場を描いた絵本で見たことのある、弾薬でも入っていそうな木箱の鍵を開けはじめた。蕗子さんが入学してから、その箱が開けられたことは一度もなく、じつを言うと、なかになにが入っているのかも知らなかった。

「傘のない者、貸してあげるから、取りに来なさい」

牟田先生が声をあげるといっぺんに人だかりができて、背の低い蕗子さんにはもうなにも見えなくなる。背伸びをしたり跳びはねたりしてようやく目にしたのは、自分の背丈ほどもあろうかという、ながい、黄色い傘だった。

――傘の箱だったんだ。

蕗子さんは目を見張った。先生は身をかがめながら一本ずつ取り出し、これ以上学校で粘っても止《や》みそうにないから傘を渡す、上級生がたいせつに使ってきた置き傘だ、振りまわしたり叩《たた》いたりするんじゃないぞ、壊したら弁償してもらう、と大げさな声で言った。

あまり使われていないせいか、傘はどことなくかびくさくて、ところどころ虎斑《とらふ》のように変色しているものも幾本かあった。しかし、蕗子さんの手に渡った一本は非の打ちどころのないみごとな柿色《かきいろ》で、家にあるどんな傘よりもどっしりしていた。低学年の子どもたちには、もっと小振りなものが用意されていいはずなのだが、あとで教えられたところによると、傘はぜんぶ、木箱といっしょに地元の企業有志が宣伝をかねて不良在庫を調達し、まとめて寄贈したものらしく、サイズは一種類しかなかった。

そのながい傘を両手で抱えるように持って、つくづくと眺めた。こんな大きくて重い傘を差していたら、前が見えない。雨の日に傘を差して歩くとき、気をつけなければならないことはなんですか、と牟田先生に質問されて、靴に泥がかからないようにするとか、風で飛ばないようにしっかり手もとを握るとか、そんな答えが出るなか、蕗子さんひとりが、傘を下げると前が見えなくなって、車が来てもわかりません、だから、あぶないです、と発言し、ほめられたばかりだった。

ところが、それをひろげてみようとして、自分の傘とはずいぶん勝手がちがうことに気づかされたのである。はじきを押すとろくろの部分がするする柄をのぼり、受け骨がボッというこもった音を立てて一瞬のうちにひろがる自動傘ではなかったのだ。生地が張り切ってろくろが上はじきにカチッと止まるまで、手でずっと押しあげてやらなければならない。でも、操作完了を告げる軽やかな機械音には、なんとも言えない安心感があって、柿色の綿生地や木製のハンドル部のくすんだ色あいとともに、いかにも大人っぽく感じられたし、柄を片方の肩にもたせかけると適度な重みがかかって、とても歩きやすいのである。その日、公民館で風が収まるまで休んだあとの帰り道は、ほんとうに楽しかった。おかげでビニールみたいな赤い傘は、子どもだましにしか見えなくなってしまったのである。

以来、蕗子さんは、置き傘を使わせてもらえるよう、朝のうちきれいに晴れていて、下校時にだけ、すぐにはやみそうにない適度な雨が降るのを心待ちにするようになったのだが、なんということか、卒業するまでついにそんな日は訪れなかった。昼から降りそうだと予報があったときには、心配性の母親がかならず自前の傘を持たせるようになったからだ。なにがうらやましいといって、備えつけの黄色い傘を差せる幸運に恵まれた友だちほどうらやましかったことはない。だから蕗子さんは、代わりに絵を描いた。卒業文集にも、二度と差せなかった黄色い置き傘の思い出を書いた。その傘の絵が、表紙に筆ペンで「めぐらし屋」と大書きされた父のノートに、丁寧に貼り付けてあったのだ。

*

黄色といっても、ずいぶん幅がある。当時はまだ、自分のなかで黄色という言葉の定義がもっとゆるかったのだろう。澄んだ軽やかなレモンイエローも黄色なら、オレンジやミカンの色も黄色、まだ渋みのある柿も熟柿《じゅくし》もぜんぶ黄色に近い色という程度の認識である。ノートの表紙裏に貼られていた傘の絵の色は、小学生の蕗子さんがたった一度だけ使わせてもらった、あの雨の午後の映像をもとに選ばれたものにちがいない。

でも、と蕗子さんはつぶやく。なんにも知らない子どものくせに、ただ黄色というだけでは芸がないとでも思ったのかしら。クレヨンは学校指定の十二色だったはずだから、あいだの色調を出すのは容易ではなかった。それを単色ですませずに重ね塗りしてあるのは、たぶん、水彩の時間に聞いた図工の先生の教えをクレヨンにも生かそうとしたからだろう。

あの日、蕗子さんは、古びた木の箱から鮮やかな光を放つ刀剣みたいに取り出されたながい傘に心奪われて、来週までにつづきを描いてくるようにと宿題が出されていたのをすっかり忘れていた。いや、そうではなくて、牟田先生のまわりで置き傘が配られたとき、図工の先生が絵の具の箱の入った袋と筒状にまるめた画用紙をもっている子どもたちを見つけて、今日は雨だから持ち帰るのはやめなさいと宿題をいったんとりけすようなことを言ったために、気を抜いてしまったのだ。

翌週、図工の授業の前日に宿題を念押しされ、おおあわてで家に戻った蕗子さんが絵の具の箱を開けてみると、きちんと洗っていなかった筆先がかちかちに固まってどんなに水に浸しても毛先が柔らかくならず、染《し》みついた色も落ちなくなっていた。片づけのできない子につづきをやる資格なんてないのよ、と母に突き放され、半べそをかきながらバケツに入れた水をその筆でぐるぐるかきまわしていると、ひさしぶりにはやく帰ってきた父が、ぴりぴりした空気を感じ取ったのか、話を聞いてくれた。

背中から覆《おお》いかぶさるように手を伸ばした父は、どれどれ、こいつが犯人か、とわざとおどけた声で言い、一式奪い取って、パレットに残ってる色はまた溶いて使えるから洗わないほうがいいな、筆だけきれいにしておくか、と蕗子さんの了解を得て、やかんでお湯を沸かし、熱湯にしばらくつけ置きしてやわらかくしてから、固まった絵の具をすっかり落としてくれたのだった。

通夜《つや》の席でだってこんな些末《さまつ》なことは思い出しもしなかったのに、しかも父の姿はある時期以後の自分の生活から遠のいて、いっしょに暮らしていた時間よりも離れていた時間のほうがずっとながくなっていたというのに、なぜいまごろになって、と蕗子さんはとまどう。けれど、しぐさや声をはっきり覚えている時代の父だけがなつかしいかといえば、そうではなかった。年に一度会うか会わないかになってからのほうが、むしろ近しい感じを抱くようになっていたのである。

ごくまれに電話で言葉を交わしても、たがいの日常の細部まであれこれ語り合うことはなかった。もちろん、尋ねられればへんに構えたりしないで、近況報告めいたことを話したりしたのだが、父がふだんなにをしているのか進んでしゃべることはなかったし、またこちらからも詳しく問わなかった。それでいながらよそよそしい感じがしなかったのは、なぜだろう？ 蕗子さんには、まだそれがよくわからない。そう、わからないことは、いっぱいある。わからないことは、わからないままにしておくのがいちばんいいと、娘に教えてくれたのは父だった。いまは、それが正しいのかどうかも、わからなくなっている。

部屋のなかが、すうっと暗くなる。電灯を切ったのではなく、調光器のつまみを急いでオフのほうにまわして、おびただしい段差をなめらかに滑っていくのに似た光の落ち方だ。バスを降りたころから、春先特有の、靄《もや》の立つこまかい雨が降りはじめ、蕗子さんはここまで傘を差して歩いてきた。残念ながら黄色い傘ではなく、ショルダーバッグの底に入れっぱなしになっている茶色い折りたたみ傘ではあったけれど、灌漑《かんがい》用の溜《た》め池《いけ》のほとりに建っているこの木造アパートが傘の露先のむこうに見えたとき、その靄は春のせいだからではなく、すぐ近くに池があるから生まれたものなんだと蕗子さんはようやく気づいた。

池は円ではなくひょうたん型になっていて、一説によると、そのむかし、あまり間隔をあけずに丸い池をふたつ掘ったら双方に高低差があったらしく東から西へ水が通じて真ん中が運河みたいになり、ついでだからと町民の総意でひとつにつなげてしまったのだという。時が経《た》つにつれてその幅が自然とひろがり、いつのまにか中央がくびれたひょうたんの形になったというわけである。思わぬ水路が引かれたため、むこうとこちらが分断され、なにをするにも池の端に沿ってぐるりと大まわりしなければならなくなったのが不便といえば不便だが、父が借りていたアパートはそのひょうたん池の北側のくびれのあたりに位置していた。

蕗子さんが雨の日にここへ来たのは、じつは、はじめてのことである。西側の壁に張りついている鉄筋の外階段のすぐ下、この一〇一号室はのぼり下りの足音でかなりうるさいし、階段を雨よけに見立てるようにして住人すべての郵便受けが壁に取り付けられているので、夕刻の新聞配達の音も鮮明に聞こえる。ただでさえ湿気がたまりやすいのに、目のまえが溜め池ときているから陰気な感じになりそうなものだが、水面の照り返しがあるせいか、意外なほど明るい。今日のような空でも、水の底にたまった光がじわじわと靄のしたから伝わり、池ぜんたいがぼんぼりのようにやわらかく白む。池に面した六畳の和室と玄関に接している三畳ほどの板の間には、申しわけ程度の流しがついていた。畳の部屋には、文机《ふづくえ》とガラス扉つきの古い本棚が置かれている。

ひさしぶりの畳のうえで横座りになって休みながら、池の面を這《は》う靄と、そのあいだに釣り糸を引くように降っているほそい雨を、蕗子さんは眺めていた。そして、あらためてもう一度、数冊のノートに貼《は》られたなんともつたない傘の絵をぱらぱらと追っていくと、そのうちひとつに傘を開いて軒先で干している絵があって、ああ、そうだった、とふたたび記憶の糸をたぐりよせることになったのである。

つぎの休みの日、晴れ間が見えたのを逃さず、母親はすぐ、傘を軒先に干してくれた。雨を吸って濃い熟柿色になっていた傘は、昼まえにはもうからりと乾いて、明るいオレンジ色に変わっていた。わたしはたぶん、傘を干すときの色の変化も見てたんだろうな、黄色のバリエーションを適当にひねり出したわけではなかったんだ。

傘を返してからしばらくのあいだ、蕗子さんは、チラシの裏やらくがき帖《ちょう》に、クレヨンで大小さまざまな傘の絵を描きつづけた。大事にしていた赤い自動傘もあったけれど、大半はあの黄色い置き傘である。そして、そのなかから気に入ったものだけを鋏《はさみ》で切り抜き、デパートの包装紙で作った大きな封筒に入れて、父の誕生日にプレゼントしたのだった。ノートの表紙裏の、傘の絵を切り抜いた輪郭線のぎこちなさは、まちがいなく少女時代の自分のものだ。紙が黄ばんでいるのは時間のせいばかりでなく、もともと粗悪ならくがき帖だったからだろう。父は娘の贈りものをその場で開封し、なかをたしかめるとひどく喜んで、ひとつひとつ、ぜんぶの傘について感想を聞かせてくれた。三十年以上もまえの話である。

ぼんやり部屋のなかを見まわして、蕗子さんはひとつため息をつく。すると、いきなり文机の電話が鳴った。思わず飛びあがり、考える間もなく、はい、と名前を言わずに応じていた。

「……もしもし」

「はい」

もう一度、今度は少しだけ落ち着いた声で応《こた》える。しわがれた、年輩の男のひとの声だった。

「……めぐらし屋さん、ですか？」

とっさのことで蕗子さんは言葉に詰まり、しばらくのあいだノートの表紙に描かれた父の書体をじっと見つめていた。

＊

めぐらし屋。たしかにノートの表紙にはそう書いてあるけれど、屋号にしては妙に間が抜けているし、父が商売をしていたなんて聞いたこともなかった。そもそもこの古ぼけたアパートには表札すらなく、郵便受けのプレートに部屋番号と住人の名が目立たないよう並記されているだけなのだ。父は、大学を出たあとの数年間、鉄鋼関係の業界紙に勤めていたことがある。取材の対象にはなにひとつ興味がもてなかったらしいのだが、おもしろくもなんともない内容を過不足なくまとめる鍛錬を積んだおかげで、書くことだけは嫌いでなくなったと、これはいつか母の口を経由して得た知識だった。

しかし、たとえそれがほんとうだとしても、蕗子さん宛《あ》てに父が送ってくれるのは年に一度の賀状くらいで、手紙やはがきなど、ふだんはもらったためしがない。世の中には家族にも黙って日記や備忘録をこつこつ書き留めるひとがいるようだから、もしかするとこのノートも父が折々につづったごく私的なひとりごとだったのかもしれないのだが、表紙を一頁《ページ》とすればもう二頁目にあたる裏表紙で蕗子さんの指は止まっていた。中身を丹念に読んでいる余裕などなかったし、そもそもめぐらし屋という言葉がなにを意味するのかもわからなかった。

口をつぐんだまま、蕗子さんは受話器を耳に押しつけ、相手の言葉を待った。ついさっきまでは気にもならなかったひょうたん池を打つ雨の音が、古いアルミサッシの窓を透かして部屋を満たしてくる。

「……めぐらし屋さん、ですか？」と男のひとが繰り返した。黙っていると、また声が聞こえてきた。

「……丸山さんのお宅で、よろしいでしょうか？」

「丸山は、父は、先だって亡《な》くなりました」

え、と相手は言葉をのみ込んで、蕗子さんが受話器を取るまえに置いたのとおなじくらいの空白を置き、そうでしたか、と消え入るような声で言った。

「とんだ失礼をいたしました。亡くなられたとは存じあげなかったもので。それでは、これで……」

急いで電話を切ろうとする相手を、蕗子さんは思わず呼び止めていた。

「あの……こちらからお尋ねするのもへんですけれど、めぐらし屋って、どういうことでしょうか？」

「娘さん、とおっしゃいましたよね？」

「はい。離れて暮らしていたもので、事情がよくわからないんですが、父はもうながいこと隠居の身で仕事はしていなかったはずなんです。もし大切なご用件でしたら、きちんと調べてこちらからお返事さしあげますが」

言いながら、蕗子さんは職場の習慣で、文机のペン皿からボールペンをついと取りあげ、父のノートを急いでめくって空いているところを探した。数字や絵や文章が脈絡なくつづいていて、あいだに日付もある。住所録と思われる几帳面《きちょうめん》な表もあったが、いちおう最後まで使われていて大きな余白はなかった。あわててショルダーバッグからシステム手帖を取り出し、メモ欄を開く。そこだけ罫《けい》のない真っ白な紙だから、すぐ目についた。

「じつは、私のほうも詳しいことは知らないんですよ。三カ月ほどまえ、ある事情がありまして知人に相談しましたら、こちらへ連絡すればなんとかしてくれるかもしれないと、電話番号とお名前を教えていただきましてね」

「なんとかするっていうのは……」

「宿探しです」

「はい？」

　蕗子さんには、相手の言葉の意味がとっさにつかめないとき、ふだんおだやかなだけに端で聞いているとひときわ素《す》っ頓狂《とんきょう》に響く声で、はい？　と問い返す癖がある。耳が悪いのかと心配されたこともあるくらい大きな声になってしまうので、職場でも最初はひどく驚かれたものだが、いまではもう外来の電話をとるたびに、若い同僚までがみな、さあ、いつくるかと笑顔で身構えたりするようになっている。めずらしくたったひとりきりの場で発したその声が、押し入れの襖《ふすま》に当たって跳ね返り、耳もとで曖昧《あいまい》な音を立てた。

「つまりその、ホテルや旅館ではなくて、何日か寝起きできるようなところを紹介してくださる、とうかがったんです」

「ホテルや旅館ではなく？」

「ええ、そういうことですね」

「お差し支《つか》えなければ、この電話番号をご存じだった方のお名前を、教えていただけませんでしょうか？」

どうしてそんな台詞《せりふ》がすんなり出たのだろう。いくら父のアパートだとはいえ、他人の家に等しいところでとった電話の、見も知らないひとが相手だというのに。

「紹介者が必要だというお話でしたし、その方も名前を出してよいと請け合ってくれましたから、かまわないでしょう。磯村《いそむら》酒造の磯村さん、大旦那《おおだんな》さんのほうです」

ああ、と蕗子さんにはすぐその顔が浮かんだ。ごくかぎられた人間しか知らないはずの、市営の葬儀場での告別式にいらして、帰り際《ぎわ》に名前を名乗って丁寧な言葉をかけてくださった、あの瘦《や》せぎすの、背の高い老人。父より年齢はいっていると思われるのに、背中がぴんと伸びて立ち姿の美しかったその磯村さんというひとは、鏑木町《かぶらき》の葬儀場の、品のない言い方をすれば提示された格付けのうち最も質素な告別式に来てくださった方々のなかで、なんだか場ちがいなくらい存在感があった。

「逆にあれこれお尋ねしてしまって、申し訳ありません」

磯村酒造の磯村さん、大だんなさんのほう、と走り書きしながら、蕗子さんは礼を述べた。旦那という漢字がとっさに出てこなかったのだ。ひらがなにすると、旦那さんの格が下がったようでなんだか申し訳ない気持ちになる。

「こちらこそ、ぶしつけなことでした。お父様のご冥福《めいふく》をお祈りいたします」

しわがれた声の男性が電話を切った。ツー、ツーと発信音がそのあとを追って、会話がとぎれたことを伝える。ぴちゃぴちゃと水たまりを叩《たた》くような雨の音が、また蕗子さんの耳に戻ってきた。窓の外を見ると、靄はいくぶん晴れて、池の向こう岸の樹木の影がうっすらと姿をあらわしはじめた。

その木々を越えた街道沿いに、立派な土塀に囲まれたお屋敷がある。ここへ来るときも通った日吉《ひよし》町のバス停の近くだから、建物が目に入ってもいいはずなのだが、反対側の席に座ってぼんやり外を見ていた蕗子さんは気づかなかったらしい。あちこちの電柱に、磯村酒造という看板が巻かれているのは記憶していたものの、それがあの品のいい老人の名とは結びつかなかった。

急に寒さを覚えて、文机のわきの古い電気ストーブに手を伸ばし、上・中・下と書かれた目盛りに合わせてスイッチを入れた。電熱線が赤くなるまえから手をかざし、じわじわと赤みが差してきたところで、音を立てて掌《てのひら》をすりあわせる。床と平行に三本ついている電熱線の位置を示しているだけなのに、あらためて見ると、火に等級があるような気がしてくる。

むかし、家にもこれとよく似たストーブがあった。火の組み合わせは三通り。全部点《つ》けるときは、上・中・下、二本点けるときは上・下、そして一本だけですませようというときは中。子どものころ、足の裏が冷えたりすると、蕗子さんは床にぺたんとお尻《しり》をつけて両足をストーブのほうにのばした。ぜんぶ点けると熱すぎるので、一本だけ、それも下だけ赤くしようと何度も試みたのだが、どうしても真ん中しかあたたまってくれない。なぜ下だけつかないのかと文句を言って、父と母に大笑いされたこともあった。

それにしても、へんなことばかり思い出す日だ、とため息をつきながら食器棚を探ってインスタントコーヒーの壜《びん》を見つけ出すと、ひと口しかないコンロで湯を沸かした。壜には、四分の一ほど飲んだ形跡がある。開封してからまだあまり日が経《た》っていなかったのだろう、こんな湿気の多い日でも茶色い粉はさらさらと乾いていて、時間の粒のようにスプーンからなめらかにこぼれ落ちた。

＊

迷った末に、その晩、蕗子さんは「めぐらし屋」のノートを自宅に持ち帰った。雨はまだつづいていたので、濡《ぬ》らして染《し》みをつけないようにいつも鞄《かばん》に入れている書籍用のビニール袋にくるんで慎重に歩いてきたのだが、すっかり闇《やみ》に沈んだ池のわきを走るバスのなかで、これは大切なものだからすぐ返しに来なくてはと思い、しばらくして口もとに苦い笑みを浮かべた。返すもなにも、受け取るひとがもういないのだ。

コーヒーメーカーのスイッチを入れ、抽出終了のランプが点くまでのあいだ、蕗子さんは今日一日のことをあれこれ思い返した。父のアパートで奇妙な電話を受けたあと、気持ちを落ち着けるためにコーヒーでも飲もうとお湯を沸かしたとき、蛇口から水が出てくるまで何拍かの間があって、たったそれだけのことがなんだか妙にこたえた。旅行や出張で何日か家を空け、誰もいない部屋に帰ってきたときの感覚である。つっかかるようなその水音は、慣れ親しんだ日々に戻ってきたというより、ひとつの不在をはっきりと伝える合図のように響いた。

そもそも、湯を沸かしてインスタントの粉を溶くことじたい、そのまえがいつだったか思い出せないくらいひさしぶりの手仕事だった。にもかかわらず、カップのふちまでいきなり熱湯を注ぐのではなく、最初はほんのちょっとだけ入れてスプーンでよくかき混ぜ、黒くとろみのある液体になったところで湯を追加してそれを薄める、という父に習ったやり方を、ごくあたりまえに実行していることに、蕗子さんはわれながら驚いていた。さらにまた、壜の内蓋《うちぶた》代わりの銀紙が、きれいに半分だけ皺《しわ》ひとつないように開けてあり、真ん中にまっすぐな折り目がついているのを見て、あ、これも父の癖だった、と不意に思い出したりしたのである。

少女時代の蕗子さんは、中身が湿らないよう密閉してあるあの銀紙をきれいに取り払うことができなかった。どんなに慎重にやっているつもりでも均一にいかず、途中でへんな方向へびりりと破れてしまう。母さんそっくりだな、おっちょこちょいで、不器用だ、と父によく笑われたものだが、たしかにそういうところは受け継いでいるかもしれない。もっとあからさまに、粗忽者《そこつもの》という言い方をされたこともある。知らない言葉だったけれど、父の表情や口調で、おおよその意味はつかめた。

もっとも、母は生前、蕗子の性格はまちがいなくお父さん譲りよ、となるべく感情の起伏を悟られないような調子で反論していた。真面目《まじめ》で、一徹で、それなのに肝心なところで間が抜けてる、なまじ義侠心《ぎきょうしん》があるから助けた相手につけ込まれて騙《だま》される。みんな持っていかれちゃうの、あのひとにそっくり。だからいいひとが見つからないのよ。

生まれた子どもが娘とわかってから、父と母は、祖父母をはじめ、親類縁者の知恵を拝借しつつ、さんざん考えた末に名前を「路子《みちこ》」と決めた。ところが、父ひとりで役所へ届け出に行き、書類に必要事項を書き込もうとしたところ、枠のうえについていた印刷の汚れを役所の男性がカウンター越しに草冠と見まちがえて、ふりがなを書き込むまえに、「ふきこ」ですか、衒《てら》いのない、いいお名前ですなあと漏らしたのを聞いて、「みちこ」ですと言い返せなくなってしまったのだという。あんなにふたりで話しあった娘の名前を、相談もなしにその場で変えちゃうなんて、信じられないでしょう？　わんわん泣いたわよ、と母はことさら静かに話し、そのあときまってこう締めくくるのだった。それに、あたしは山菜が苦手で、なかでも蕗《ふき》が一等きらいだったのよ！

娘の名前を独断で変えてしまったと難じるだけなら筋が通るところを、母はいつも、こういう身勝手な理由を添えて話を混乱させるのだった。しかも本人だけがそのゆがみを認識していない。粗忽者というのは、たぶん母みたいなひとのことを指すのだろう。蕗子さんは母の十八番《おはこ》となったこの話を聞くたびに、世の路子さんたちには申し訳ないけれど、蕗子でよかった、と土壇場《どたんば》での父の横暴に感謝した。路がひとをここではないべつの土地へと導いてくれる線だとすると、蕗はその路のわきに生えている草みたいなもの。まっすぐ進むことができずに寄り道ばかりしていても、それが名前なのだと居なおることができる。

寄り道好きの粗忽者か、と蕗子さんはつぶやき、コーヒーを飲みながら、手帖《てちょう》を開いて翌日の仕事の段取りを確認した。ふだんの暮らしであれば、どんなに抜けていても自分ひとりの問題で済む。でも職場ではそれが許されない。許されないからこそ慎重に、慎重に、と逆に気を張って、くだらないミスを重ねる。若い時分はただ頭を下げていればよかったし、庇《かば》ってくれる者がいないわけではなかったのだが、もうそんな年齢を超えてしまった。だから、その日になにが自分に課されているか、配布された印刷物に頼らず、そこに注意事項を書き添えたものをぜんぶ自分の手で整理しなおすようにしていたのである。父のアパートを引き払う手つづきが、どんなにはやくてもつぎの週末以後になりそうなことも、それで一目瞭然《りょうぜん》だった。

ひどいくしゃみがでて、寒気がしてきた。あわててオイルヒーターのスイッチを入れる。父の部屋の電気ストーブとちがってあたたまるまでに時間がかかるので、風邪を引かないよう蕗子さんは「めぐらし屋」のノートを一冊手にしてベッドに滑り込んだ。枕《まくら》を重ねて背もたれにし、そっとページをめくる。傘の絵に惑わされてかなり古い時代のものかと思っていたのだが、それは半分しか当たっていない。父らしい丁寧な筆跡ではあるものの、要は蕗子さんの絵の出所と似たようならくがき帖の扱いで、ノートの用紙そのものはていねいに使われていて傷《いた》みも少なかった。日付があったりなかったりの、長短さまざまな記述がならんでいる。

「単二電池三ケ、手帖用ボールペン、仁丹《じんたん》、鶴《つる》ガ谷《や》文具」

「四日、牛乳、腹下シ、マスク購入ノコト、根本歯科」

「シンタニ、八日マデ、請求書送付ノコト」

「電話、鮮魚マツモト、折返シ、五時」

「春雨、百グラム、水曜、九時半、若先生予約」

このノートが離れて暮らすまえのものであれば父の日常はすなわち自分の日常だったわけだから、固有名詞に多少の聞き覚えがあってもいいはずなのだが、蕗子さんの記憶にはどれも反応してこなかった。次第に重くなる眼をこすりながら、メモ書きをひとつひとつ読み進めていく。しかし、ホテルでも旅館でもない宿を提供するというあの「めぐらし屋」なる仕事とはっきり結びつくような内容は、どこにも見あたらなかった。備忘録のあいだにはとんでもなく古い新聞雑誌の切り抜きが脈絡なしに貼《は》られていて、なかには図書館で蔵書印を押したあと、吸い取り紙用に使われていた新聞紙の小片もふくまれていた。

ノート全体が古めかしい色になっていたのは、カタカナ交じりの書法のせいでもあろうけれど、変色した刷りもののせいでもあったろう。業界紙で働いていたときの癖なのか、何行かのコメントが付されている箇所もあって、たとえば「盗犯三五号か」と題された写真入りの記事の下には、「名和タバコ店ノオバサンニ、一報セリ、ヨカッタ！」などと書かれている。すり切れた活字を追ってみると、五十七歳になる無職の男が、「三十七年十一月ごろから、県下でドリルを使ってたばこ屋専門に荒しまわり、県警より盗犯特別情報第三五号事件と指定されていた五十数件中九件を含む、計六十一件二百万円相当の盗みを自供した」とあった。父はどうやら、この「名和たばこ店」のおばさんと知り合いだったらしい。おそらく被害者のひとりだったのだろう。三十七年はもちろん昭和の年号で、父と母が結婚した年でもある。興味をそそられて、あらためて切り抜きだけを最初から読み返していくと、町内報の一部と思われる貼り紙に目を奪われた。

「鏑木北地区防犯協会と笹川《ささがわ》東署はこのほど、池に転落し、溺《おぼ》れていた磯村一郎太君（七）を救助したとして、会社員丸山英之《ひでゆき》さん（三五）＝初田市坂上町＝を表彰した。笹川東署によると、丸山さんは二月二十四日午後一時十五分ごろ、日の出町の貯水池（通称ひょうたん池）に転落した男の子を発見。池に飛び込んで男の子を引き上げるとともに、救急隊に通報するなどして、命を救った。感謝状と記念品を授与された丸山さんは、『当然の行動をしたまで。お子さんが無事で何よりです』

と控えめに語った」

＊

ベッドでぐずぐず考えごとをしていたのがたたって、いつもより十数分遅れて目を覚ました蕗子さんは、朝食を取るかシャワーを取るか一瞬悩んだあと、朝刊の天気予報で最高気温と湿度をたしかめ、窓を開けて大気に手をかざしてから後者を選択した。髪の乾きがあまくても、このくらいならそう冷えないだろう。大急ぎで熱い湯を浴び、悩みの種の乾燥肌対策だけはおこたらずに家を飛び出した。食事さえ抜けば、もともと化粧は薄いほうだから準備に手間はかからない。

地元の大学を出た翌年、蕗子さんは家から電車で一時間ほどのにぎやかな商業地にある、その地域では中堅といっていいビルの管理会社に就職した。コンクリートの建物にさして興味があるわけではなかったし、それどころか落ち着いているように見えてどこか抜けたところのある蕗子さんには、管理なんて言葉じたい不似合いだったのだが、学部の四年にあがってさあ仕事探しというときに母が倒れ、長期間入院することになった病院のすぐ近くにたまたまその会社があって、しかもそれが学生時代にアルバイトをしていた花屋の親族の経営になるものだったため、妙な言い方ではあるけれど親しみを抱かざるをえないようなめぐりあわせだったのである。

そして、その花屋のひとり娘が当時いちばん密なつきあいのあった大学の同期生のレーミンで――中学時代、ロシア革命の指導者を、妖精《ようせい》トロールがでてくるフィンランドの有名な小説の主人公と混同してレーミンと答えて以来、そういうあだ名がついていたらしい――、卒業後は養子をもらってあとを継ぐはずだった彼女が早々と結婚して東京へ逃げてしまったものだから、店裏では蕗子さんが実の娘みたいに扱われるようになっていた。時をおなじくして母を亡《な》くした蕗子さんの境遇も、女主人に保護者然とした態度を取らせる要因だったのかもしれない。

親友の実家であり、それと縁つづきの就職先に緑の鉢植えをリースしているのも、また取引先に贈答用の花や献花を手配するのもこの店だったので定期的に顔を出さざるを得ず、必要なやりとりはいつからか庶務を通り越して蕗子さんの役目になっていた。

就職して、あっというまに二十年近い歳月が過ぎた。命じられるまま、受付や顧客の接待、備品の保守、委託の運送会社との交渉や新規開拓のための不動産まわりにいたるまで、十数年ですべての部署をひととおり経験し、いまは主として営業担当の若い仲間を統括しながら、要所は自分でも動くというわりあい融通のきく立場にある。

その日は、午前のはやいうちに、高速道路のインターチェンジ周辺に散っているコンテナ倉庫をいくつかまわる予定になっていた。相手は気心の知れたひとだから、面倒な仕事ではない。ただし、インターの近辺というのは日常生活の尺度からするとまことに不便な場所で、あたりまえだが車なしでは容易にたどり着けない僻地《へきち》にある。荷物もあるので、社の同僚に運転を担当してもらう必要があった。

始業時刻ぎりぎりに事務所に駆け込み、おはよう、ございます、と息を切らしながらデスクに座ると、むかいの重田《しげた》君が、蕗子さん、顔色悪いですよ、また朝ご飯抜いたでしょう、と言う。中途採用で入社二年ほどの新人なのだが、形のうえでは上司であるはずの女性を、まわりに倣《なら》って、なんの違和感もなく蕗子さんと呼んでいる。顔色が悪いのはお腹《なか》を空《す》かしているせいばかりではなかったけれど、曖昧《あいまい》に笑ってごまかそうとしたら、これ、昨日の出張の帰りに買ったんです、つまんでください、と重田君は机の下から角底の紙包みを取り出した。

「天使の蛤《はまぐり》です」

「はい？」

朝一番で、また蕗子さんの「はい？」が出た、と部署の面々に笑みの輪がひろがる。出張といっても行き先は山がちの地方都市だったはずだし、新鮮な蛤がとれるような浜などそのあたりにはない。手に持つと、かさと重量が釣り合わない不思議な感触があった。たしかに蛤くらいの大きさのものが、ころころと入っているようだ。でも、それにしては当たりがやわらかい。恐る恐る開けてみると、中身は栗《くり》だった。

「なんだ、天津《てんしん》甘栗じゃない」

「そう言いましたよ」重田君が呆《あき》れたような顔をする。

「え？　天使の蛤って言ったでしょ？」

「てんしのはまぐり？　少し食べたほうがいいみたいですね、やっぱり。頭がまわってませんよ。今日はぼくがお供することになってますから、車のなかで遠慮なくどうぞ」

どちらの立場が上なんだかわからないようなやりとりのおかげでいくらか落ちついたとはいえ、車中ではぼんやりして、昨晩読んだ、あの若かった父の手柄を伝える記事のことを幾度も思い浮かべた。写真を見たりひとから話を聞いたりするのとちがって、こんなふうに活字になった名前に触れると、近いような遠いようなもどかしい気分になる。

父が三十五歳の年で、二月の事件となると、まだわたしは三つだ。ご親切にも年齢が明記されているのでそんなふうに計算は楽になるのだが、さすがに幼すぎて記憶は定かではない。寒い季節の池に飛び込むのは、相当に勇気のいることだったろう。表彰されたのなら自慢くらいしてもいいはずなのに、父がそんな話をしてくれたことはなかったし、母から聞かされた覚えもなかった。彼らのあいだではさして重みのない事件だったのだろうか。それとも触れるとなにか不都合でもある話題だったのだろうか。

後年、当時住んでいた町から車で半時間ほどの鏑木方面に父がアパートを借りてひとり暮らしをはじめたとき、どうして生活の便のいい土地ではなく、バスを利用せざるをえないようなところを選んだのだろうと首をかしげたことはあったけれど、鏑木という地名との接触はそのときが最初で、父の選択に前史があろうとは思いもしなかった。

　それにしても、会社員という身分と父の名が、どうにも結びつかない。あるひとのつてで入った業界紙での蓄積を父はなぜかきっぱり捨てて、娘が生まれてしばらくしてからは、短期間にいくつも仕事を乗り換える不安定な働き方になっていた。朝はやく家を出て、夜遅く帰ってくる表向きのリズムに変化はなくても、その内実がときどき入れ替わっているらしいことは、子ども心にも漠然と感じられた。

　学校から帰って家で遊んでいると、夕方、仕事の途中だと言って汚れの目立つおんぼろのライトバンで家に立ち寄ることがあり、父が車に乗っているだけで蕗子さんはおおいに興奮したものだ。新聞社で最初に命じられたのが運転免許の取得だったというからもちろん車には乗れたわけだが、家の目のまえにバス停があって朝夕は本数も多かったため、維持費と経済事情を照らし合わせ、蕗子さんの家では公共の交通機関を使うことに決めていた。母の具合が悪くなったころ、自分も車の運転ができたら脚になってあげられるのにと悔やんだこともある。でも、まだ学生の身だったし、つらいときはタクシーで玄関口まで乗り付けたほうが、すぐに手も貸せて安全なのだ、と思うようにしていた。

ただ、昼過ぎに父が会社員として鏑木あたりに現われるには、やはり車が必要だったろう。ライトバンで帰ってきていた時分の年齢と切り抜き記事の年代には、さほどのずれはなかった。それよりなにより気になったのは、父が助けた男の子の名字が磯村とあったことだ。偶然にしてはできすぎている、と蕗子さんは思った。これはあの、ひょうたん池の近くの造り酒屋と関係があるのではないか。磯村酒造の大旦那《おおだんな》さんと父とのあいだになんらかのつながりがあるとしたら、救われた少年はその息子さんだと想像できなくもない。ともかく週末に時間をつくって大旦那さんに会いに行ってみよう。自分の知らない時間を生き、知らない空間を歩いていた父について、なにか教えてもらえるかもしれない。

「もうすぐですよ」という重田君の声でわれに返る。「お茶もありますけど、飲みますか？　あ、ウェットティッシュなら、そのボードのなかです」

気がつくと、蕗子さんの指先は、朝方もらった天使の蛤で、真っ黒になっていた。

＊

倉庫といっても、税関の検査を済ませた船積みのコンテナを重量トラックで運び込み、荷分けしてすぐにまた空のものを戻す一時預かり所みたいなところで、車の出入りも多く、時間帯によっては相当な活気がある。かつては名のある紡績工場だったらしい。それがオイルショック以後、急速に傾いて売りに出され、現在はこの地方の物流の基地に近い役割を担《にな》っていた。はじめて来たころは、敷地の一角に、長距離トラックの運転手のための簡易宿泊施設と社員用を兼ねたささやかな食堂もあったのだが、漆黒の宇宙に浮かぶ銀色の満月みたいに蛍光灯の冷たい熱をためこんだ、二十四時間営業のコンビニやファミリーレストランが道路沿いにできてほどなく、自然消滅してしまった。

倉庫番の宗方《むなかた》さんとのつきあいは、もう十年になるだろうか。外国製の梱包材《こんぽうざい》のカタログが余っていたら譲って欲しいと頼まれていたのだが、重量のあるその袋は重田君が持ってくれたので蕗子さんはおおいに助かった。業績を示す数字の話はそここにして現場で生じた問題を報告してもらい、敷地の北側に位置する一棟の車寄せにむかう。一部コンクリがはげ落ちて危ないという報告があったので、状況を確認しておきたかったのだ。

あんまりはっきり言いたくないんだけれどもさ、最近の若い運び屋さんたち、運転技術が落ちてるんじゃないかねえ、と宗方さんは嘆く。たしかに、自然落下ではなく、ぶつけられたとしか見えない箇所がある。これは事故ですね、と重田君も賛同したので、蕗子さんは庶務に借りてきたカメラに裂傷と落剝《らくはく》箇所を収めた。シャッターを押す指先から、ふっと甘い栗の匂《にお》いがただよう。危険箇所はちゃんと報告しておきますからと宗方さんに頭を下げて、午後の仕事のため、ふたりは早々に辞した。

帰りの車中で、蕗子さんは、宗方さんとのこれまでの仕事の思い出を求められるままあれこれと話し、若いのに聞き上手の重田君は、要所要所で、へえ、なるほど、そうなんだ、と合いの手を入れる。おかげで、自分でも忘れていたような細かい日付を正確に口にすることができた。そして、笹川の交差点まで来たところで、蕗子さんは話題を変えた。

「重田君て、小学校はどの辺だった？」

「どの辺て、地元の、笹川の公立です。創立百何十年かの老舗《しにせ》ですよ」

「そういうときは、老舗っていわない」

「伝統ある学校」

「そのほうがいいわね」

たまにこうやって、上に立つような物言いで胸のあたりに力を入れておかないと、あわただしい日々の疲れがいっぺんに押し寄せて、沈んでいくばかりになりそうだった。

「親父《おやじ》も笹川小の出なんです、まだ木造校舎だった時代で、うさぎ跳びだかカエル跳びだか、ずるずるずるずると黒光りするまで廊下を雑巾《ぞうきん》がけさせられたって聞きました。ぼくのころには建て替えられて、むかしの面影は跡形もなかったんですけれど。……どうして、急にそんなこと聞くんですか？」

ちょっとね、と蕗子さんはしばらく間を置いた。助手席の左にひろがる景色が妙に殺風景だなと思ったら、ついこのあいだまで十字路の角に建っていた三階建ての家具屋が取り壊されて更地になっている。父が亡くなる少しまえに通ったときは夜中で、白っぽく汚れた目張りのしてある大ガラスが、信号の先の街燈《がいとう》の光でもじゅうぶん見えていた。そこがぽっかり空いて、駐車場をはさんだむこう側にある家々の、目隠しされるのを前提に粗く仕あげられた背中がむき出しになっている。

街並みって、こういう無防備な感じのほうがどこか安心できていいな、と蕗子さんは思っていた。いまの気分に合うというより、そんないびつさのなかにこそ親しんできた光景があるからだ。当時はまだ、家と家の境に細いU字溝を埋めただけのどぶ川があって、湯気の立つ洗い場のお湯がふやけた米粒といっしょにもわもわと流れていたものだ。

「……蕗子さん、元気ですか？」

ハンドルを右に切りながら、どぶ川があった時代を知らない若者が言う。その言葉と同時に、更地が左の目の端に消えていく。

「目のまえにいるひとに向かって、元気ですか、なんてきかないものよ。大丈夫ですか、くらいでしょ、それを言うなら」

「じゃあ、大丈夫ですか？」

「大丈夫」

「部長がえらく心配してましたよ。部長だけじゃなくて、みんなも」

蕗子さんは、知ってる、とちいさくうなずいて運転席のほうにちらりと目をやり、心配してくれてありがとう、と言おうとした。しかしその言葉を口にするまえに、重田君がつづけた。

「疲れてるんですよ。天使の蛤どころの騒ぎじゃなくて、先週あたりから様子がおかしいです。こないだ丹生《にう》倉庫の電話受けてたとき、なんて言ったか覚えてます?」

「なにか失礼なこと言ったかしら?」

「受話器を置くまえに、いつもありがとうございます、今後ともよろしくお願い致しますって、蕗子さん、頭さげるでしょう? ところがあの日は、それをつづめて、いつもお願いします、って」

「みんな、笑った?」

「我慢してましたよ」

よほど疲れていたのだろうか、まるで憶《おぼ》えがなかった。遠い過去のことばかり考えていると、近い過去に対する感覚が鈍ってくるのかもしれない。数年まえ、ある大手企業の担当者との打ち合わせ時間をまちがえて迷惑をかけたとき、平謝りに謝りながら、最後に、これからも失礼します、と頓珍漢《とんちんかん》なお詫《わ》びをして大笑いになったことを思い出した。

「ところで、その学校に、置き傘ってあった？」

「置き傘？　あまり余計なものは置かないようにって指導されてましたけれど、傘は許されてましたね。下駄箱《げたばこ》のほうに、クラスごとまとめて入れておいたんじゃなかったかな。むかしのことだから、もう忘れちゃいました」

重田君の世代でも、下駄箱なんて言うんだ、と蕗子さんはやや意外の感に打たれた。倉庫の搬入記録からは、最近、下駄箱という言葉が消えつつある。学校や会社の備品でスチール製のものには、たいていシューズボックス、シューズロッカーと記されていた。清潔そうな響きは評価できるのだが、なぜか蕗子さんにはなじめない。下駄なんてほとんど履いたことがないのに、下駄箱はあくまで下駄箱だった。もちろん、傘立ては傘立てである。

「ぼくも一本置いてましたよ。盗まれてもいいようなビニール傘を」

「学校が用意してくれる置き傘みたいなのは、なかった？」

「ああ、それならありました。笹川交通の営業所がときどき忘れものの傘を放出してたんです。学校や公民館みたいなところには、無料で渡してましたし」

「つまり、学校指定のものじゃなかったわけね。校章や寄贈の文字もなかった？」

「どうしたんですか、急に。またなんか、頭のなかで言葉が混線してるんでしょう」

「ちょっと、聞いてみたかっただけ」

「ほんとですか？」

「ほんと」

それならいいですけど、と言いかけたところで、重田君は急に表情を曇らせ、二度、三度、深々と息を吸った。

「どうしたの？」今度は蕗子さんが声をかける。

「フィリピン沖に熱帯低気圧が発生しました」

「はい？」

声が裏返る。今日は寒くならないし、雨も降らないという予報だったはずだ。車のラジオはついていなかった。とまどう蕗子さんに、ひと呼吸おいて重田君は言った。

「ぼく、むかし喘息《ぜんそく》だったんです。身体《からだ》が、気候の変化におそろしいくらい反応するんですよ。たいていは夜ですけれどね、咳《せき》が出たり、息が苦しくなったり、とにかく具合がわるくなる。蕗子さん、明日は、雨です」

＊

翌日は重田君の言うとおり天気が崩れ、翌々日も雨になって、晴れ間がのぞいたのはようやく週のなかばを過ぎてからのことだった。このあいだ父の部屋へ行ったときも雨だったし、インター近くの倉庫へ出かけた日だけが曇り空の幸運な中休みだったのだ。ということは、週のうち半分はどんよりしていたわけで、週間予報さえ頭に入っていれば、明日の天気は下り坂だということくらい誰でも言えるのではないか。

ひょっとして、かつがれたのかな、と思ってつついてみたのだが、重田君は動じることなく、これだからなあと天井の蛍光灯をあおぎ、地域予報ではちゃんと晴れとうたってましたよ、それに、降ったり止《や》んだりはするでしょうけど、来週の今日あたりも雨です、身体がそう反応するんですからまちがいありません、と予言者みたいな顔で蕗子さんを見つめるのだった。

だとすれば、このあいだの破損箇所がいっそう心配になってくる。表から見えないところに雨水が染《し》みこんで崩落する危険があるからだ。何年かまえ、べつの棟の排水溝で、上蓋《うわぶた》のコンクリート板をトラックが踏み抜いてタイヤが落ち、傾いた車体の一部が建物の壁を擦る事故があって、あわてて総点検をしたことがある。以前から目についていたひび割れを放置していたのが原因だった。

蕗子さんが撮ってきた写真を見て、部長の豊原《とよはら》さんは、車の重みがぜんぶ乗っかる箇所じゃないから急ぐことはないだろうけれども、天気の回復を待って応急処置をしたほうがいいとの意見だったので、蕗子さんはすぐにその旨《むね》、連絡を入れておいた。ちょっとした傷の手直しは、みな宗方さんがやってくれるのである。屋根から落ちて脚がきかなくなるまで、宗方さんは大工をしていたのだ。外壁に足場を組んだり屋根にのぼったりするような作業がなければ、たいていの問題は解決してくれるし、大がかりな工事が必要と判断された場合には、かつての仲間を通じて、手抜きのないしっかりした業者に頼んでくれる。

午後、蕗子さんがあらためての電話をしてみると、ああ、あれね、なんとかなりそうですよ、と宗方さんはいつもどおりの落ち着いた声でその後の経過を説明してくれた。

「今朝がた、基礎工事をやってる友だちが寄ってくれましてね、それほど深い亀裂《きれつ》じゃないから、補強のコンクリを流し込んでおけばいいっていう見立てでした。ただ、念のため壁側にはちゃんとコンパネあてて、枠をつくります。完全に乾いてから抜くようなことになりますな」

はあ、コンパネですか、と蕗子さんが要領を得ない相づちを打つ。

「なんだか、ずいぶん大変そうに聞こえるんですけれど」

「車の横づけの邪魔にはならんようにしますよ。費用は心配いりません、維持費でまかなえます。まえに、ほら、通用門のところにあなたの勧めで花壇をこしらえたでしょ。あのとき不要のブロックを持ってきて積んでくれた奴《やつ》がやってくれますから」

「あ、大黒さん」

「その、大黒です」

「あのときはお世話になりました、図面どおり丁寧にやっていただいて。よろしくお伝えくださいね。それで、ひとつ、思い出したことがあるんですけど……」

言おうか言うまいか、蕗子さんはほんのわずかためらって、周囲をそれとなく見まわす。重田君は席をはずしていて、肝心の山城さんは別件の電話応対中だ。じつは、最初にそれを発見したのが、去年、夏場をはさんで半年ほど倉庫まわりにつきあってくれていた先輩格の山城さんなのだった。

事務所とその隣にある食堂から見える壁が、灰色一色であんまり殺風景だから、と部長にかけあい、おなじ敷地に倉庫を借りている会社との連絡会でも意見を述べて、元守衛所のあった場所に花を植えてもよいと認められたのが一昨年のこと、宗方さんと佐藤花卉《かき》店の女主人、つまりレーミンの母親をこういうときくらいはと商売抜きで利用させてもらって、派手すぎず質素すぎず、ほどほどの色あわせの空間を用意した。

ところが、その一画があたりの景色にもなじみだしたころ、あれは六月の上旬だったろうか、山城さんとふたりで宗方さんのところへ顔を出した帰り、花のまえで足を止めて、あれはなに、これはなに、と説明していると、ブロックの敷地からほんの少し外にはずれた低い松の、正面からは見えない陰のところに花壇とはべつにこしらえたらしい区画を指さしながら、山城さんが、お、と声をあげたのである。

「こないだ、女房の実家に行ったら、白と紫のちっこいのが咲いてたよ。うっとうしい季節が終わったら、みんなで茹《ゆ》でて食べたいもんだねえ」

そこにあったのは、白い可憐《かれん》な花だった。みじかい畝《うね》に沿って何列か、きれいに植えられている。豆の花、それも枝豆だった。もちろん蕗子さんが蒔《ま》いたものではなかった。別枠ではあれ、白い花の領域を守っている素材はあきらかに花壇本体とおなじものだ。コンテナを運んでくるひとたちには、花々を遠目《めで》に愛でる心はあっても、近寄って土いじりするほどの時間的な余裕はない。やったとすれば宗方さんか、不要のブロックを使いまわせる人物ということになるだろう。

花屋でバイトをしていたとはいえ、蕗子さんがほんとうに好きだったのは、飾り気のない野菜類のちいさな花だった。じゃがいもや茄子《なす》の紫色、きゅうりやかぼちゃの黄色、オクラの薄い黄色、ピーマンやししとうや枝豆の、そして、もちろん蕗の白。でもそれはレーミンの店で教えてもらったのではなく、三十年もまえに小学校の菜園で土いじりをしながら教わったことだった。周囲に田んぼや畑はいくらもあったはずなのだが、野菜は八百屋やスーパーで買ってくるものだったし、ときおりご近所からお裾分け《すそわ》のようなかっこうで泥つきの大根だのにんじんだのを頂戴《ちょうだい》することはあったにしても、それまでは、野菜に可憐な花が咲くという知識すらなかった。

土をならし、溝を掘って畝をつくり、その溝に肥料をまく。近隣の農家から招いた特別講師のおじさんは、麦わら帽子の下に手ぬぐいの日よけを垂らした姿で熱心に指導してくれた。蕗子さんは溝のなかの立ち方がよくない不器用な子の代表として、みんなのまえで先生の直接指導を受けさせられたものだ。その日、帽子をかぶらずひどい日焼けをした蕗子さんに、母親は、せっかく野菜を植えさせるんだから、肌の弱い子のためにへちま水くらい用意しておくべきでしょ、といつものように不思議な怒り方をしていた。あの晩、父は家にいただろうか？　もう憶えていない。

しかし、昨晩、何度目かに取り出して眺めていた「めぐらし屋」のノートの一冊には、「エダマメノコト也《なり》」という、本の書き抜きらしい一節が記されていた。

「其《そ》ノ一、陽当タリノ良イ場所ヲ選ビ、溝ヲ掘ルコト。其ノ二、肥料ヲ撒《ま》クコト。

其ノ三、溝ノ中デハ足ヲ横向キトスルコト。其ノ四、横踏ミニ留意スルコト。其ノ五、上ニ土ヲ掛ケルコト。其ノ六、溝ニ三寸カラ五寸位ノ間隔ヲ空ケテ線ヲ引クコト(但《ただ》シ、形ノ良イ棒ヲ使用スルコト)。其ノ七、線ニ沿ッテ、五寸間隔デ種ヲ蒔クコト、云々《うんぬん》」

読みながら、この唐突な情報の挿入に蕗子さんはあらためて混乱し、一方で、裏庭のわずかな空間に父と枝豆を植えたことをも思い出していた。誰に聞いてきたのか、枝豆は陽当たりのいいところに気持ちよく植えるんだ、と父はさもむかしから知っているみたいに言い、アブラムシがつくのはしかたない、虫がつくのは安全な証拠なんだと、農家のおじさんとまったくおなじ話をしてくれた。もっとも、ふたりで植えた枝豆は安全にすぎたらしく、ぜんぶ虫に食われてしまったけれど。

倉庫の花壇のわきに咲いた白い花は、葉のかたちからして枝豆にまちがいなかった。ただ、木の陰になって陽当たりがよくない。花壇の近くだし、虫も心配だ。

「なにかまずいことがありましたか」と宗方さんが待ち受ける。

「枝豆は、日の当たるところに植えたほうがいいと思うんです」

蕗子さんは、つとめて穏やかに言った。

「いやあ、やっぱりお気づきでしたか」と宗方さんは白状し、「でも、コンクリの亀裂には豆なんぞ植えさせませんから、ご安心を」と請け合った。

＊

週の後半、天気はやや持ち直していたにもかかわらず、身体のほうは逆に重くなっていた。妙なもので、そういうときにかぎって健康診断があったりする。金曜の午後に定められていたその年中行事を、蕗子さんは完全に失念していた。朝がつらくてまた朝食を抜かざるをえなかったのだが、逆にそれが幸いした。いつもどおり食べていたら先生に叱《しか》られていたところだ。

ふだんから低血圧気味なのを、蕗子さんはごまかし、ごまかしして生きている。体調がすぐれないときは極端に低くて、いや、極端に低くなるから体調がすぐれないのかもしれないのだが、とにかくそうなると電子血圧計では測定不能になって、いかめしい水銀式に頼らざるをえなくなる。一度ではうまくいかず、二度、三度と空気を送って腕を締めつけ、ようやく得られた数値を見た看護師さんからは、これでよく生きてられますねと毎年呆《あき》れられてきた。どんなに熱いシャワーを浴びても、どんなに濃いコーヒーを飲んでも、身体ぜんたいが目を覚ますまでにはかなりの時間がかかる。でも、それを仕事のできない言い訳にはしたくなかった。

近くに大病院があるにもかかわらず、蕗子さんの会社では、社長の意向で健康診断を町なかのクリニックに委託してきた。問診の先生は、われこそは内科の名医であるとみずから吹聴《ふいちょう》していたことで有名な、愛嬌《あいきょう》のある大先生の息子さんで、十年ほどまえに代替わりしてこのかた、ずっと世話になっている。五十代なかばだろうか、怒ってもいないのに怒髪天をつく髪型で、語り口はおそろしくやわらかい。

年に一回、ほんの数分程度の会話しかかわさないけれど、通算すれば一時間ほどにもなることに順番待ちの椅子《いす》のうえで思いいたって、蕗子さんはなんだか不思議な気分になった。わずかな時間でも、蓄積されれば目に見える量塊に育っていく。親しいとか親しくないとか、そういうこととはべつに、ひととのつながりは、こうしたちいさな交流の堆積《たいせき》からなっているのかもしれない。

「一五四センチですか、去年より背が伸びましたね」

「そうでしょうか」と蕗子さんはすこし赤くなる。たしかに数字だけみれば、五ミり成長している。背が伸びたのではなく、背骨の伸縮による誤差かなにかではあろうけれど、大きくなったと言われれば、なんとなく嬉《うれ》しい気もする。

「立派なものですよ。これからも牛乳をよく噛《か》んで飲んで下さい。それから、鉄分不足にも注意するように」

そこで先生は間を置いて、記載されている二、三年分のデータを参照しながら、ただ、気になるところもあるんですと言う。蕗子さんは身を硬くして、耳を傾ける。

「ヨーヨーって、ありますよね」

「はい？」

あまりに唐突な医師の言葉に例のごとく反応し、ベージュの仕切りカーテンの背後で順番待ちをしている同僚たちのちいさな笑いを誘った。男女にわかれての受診だから、長椅子には女性しかいない。笑い声はいつもよりかしこまっていて、でも軽くて明るかった。

「回転する玩具《おもちゃ》ではなくて、縁日で売られているほうの」と医師が説明を付け足した。

「あ、このくらいの、ですか？」

　蕗子さんは両手で球体を包むようにしてみせる。

「風船の半分くらいの、水が入っていて、結び目にゴムがついてる……」

「そのヨーヨーです。われわれの時代は、水風船とも言いましたがね」

　学生時代から文法が苦手なので、こんなふうにいきなり「われわれ」なんていう主語が出てくると緊張してしまう。「われわれ」とはつまり、こちらを同類として扱っているということなのだろうか？

「おやりになったこと、ありますか？」

「ずっとむかしのことですけれど、はい、あります」

　水が入っているのに空気もはち切れんばかりに詰まっている風船を、みんながやっているように平気で叩《たた》きつける勇気が蕗子さんにはなかった。わざとつよくついて破裂させ、水をまき散らしている友だちの得意気な顔が浮かんでくる。せわしない手の動かし方でばしゃばしゃばしゃ鳴らしていた女の子。夜店のおじさんが大きな掌《てのひら》で叩くのと自分たちが叩くのとではなぜか音がちがって、あの低い音が子どもには出せない。

「空気がなくなってくると、へたっとなりますね、しぼんで、縮んで、ふにゃふにゃして」と先生は語りつづけた。「数値を見るかぎり、あなたの心臓は、そういう、極端にやわらかくなった風船を猫が肉球でそっと押すくらいの力しかでてないんです。ポンプの役目を果たすところまでいってない」

「……どこか、悪いんでしょうか？」

「とくに異常があるわけじゃありませんが、これだけ血圧が低いと、いろんな症状が出てくるはずです。年齢も考えて、そろそろ用心なさったほうがいいと思いますね。無理のないように、運動をして、うまく血をめぐらせてやることです」

はあ、と蕗子さんはため息をつき、お大事に、という医師のおきまりの挨拶《あいさつ》で、やはり大事にしなければならないくらいどこかが悪いのではないか、と不安になった。母が病院へ行くと言い出した前後の様子が、低血圧でふらふらしているときの自分とよく似ていたからだ。青ざめていると認識できるほどではないけれど、血がめぐっていないのは明らかで、父のノートに、枝豆の植え方ではなくて血のめぐらせ方が記してあればよかったのにな、と馬鹿《ばか》なことを思った。

カーテンを開けると、途中まで先に進んでいた庶務の中西さんが椅子に座っていて、顔色悪いわよ、あなたも採血しすぎたんじゃないの？　と声をかけてくれる。

血をどれだけ採られたかなんて、あまり重要ではなかった。腕のどこを押しても血管が浮き出ず、注射針を何度も射《さ》されたり、おなじ孔《あな》を利用されたりしたことがこれまでにあったので、用心のために看護師さんの手先をつい観察してしまうのである。ところが今日は予想外にすんなりいったため、かえってその赤黒く澱《よど》んだ血が怖くなり、蕗子さんは隣の視力検査のほうに目をそらした。すると、いつも無口な経理の飯田《いいだ》さんが検眼機をのぞき込んで、前屈《まえかが》みになったまま、そんな必要はないのに、顔の高さに掲げた右手の指を子どもみたいに動かしながら、上、下、下、左、とつぶやいていた。

帰宅後、ぬるめのお湯を張って身を沈めているとき、空いているほうの手で検眼機と対話している飯田さんのかっこうがよみがえってきて、蕗子さんは笑いが止まらなくなった。おかげで血が身体《からだ》じゅうをめぐり、頬も赤らんできたのだが、汗が出るまでにかなり時間がかかったのは、怒髪先生の言うとおり、いろいろ考えるべき年齢にさしかかって、新陳代謝が悪くなっているからだろうか。しぼんだ水風船は、もうもとに戻らない。空気が抜けて水の分量が相対的に増え、にぎやかで危なっかしい音がしなくなる。身体のなかの風船には、水ではなくこの柚《ゆず》の香りの湯を入れてやろう。

大きく伸びをして、肘《ひじ》から先を湯の外に出したまま、左眼をおさえ、古い装飾タイルの模様を見つめて、むかしの視力検査を真似《まね》てみる。下、右、下、上、わかりません。今度は右眼を押さえる。左、右、右、わかりません。

小学校ではじめて視力検査をしたとき、蕗子さんは「わかりません」というかわりに、「見えません」と答えていた。見えないから見えないと言ったのに、友だちがみんな「わかりません」と答えているのを聞いて恥ずかしくなり、翌年はあっさりと「わかりません」に直した。でも、そのときにはもう、みんな検眼表の文字と記号の配列を暗記していて、ぜんぶ「わかって」いたのである。視力検査の答え方なんて、だれも教えてくれなかった。世の中にはやっぱり、わからないことがたくさんある。

お風呂《ふろ》からあがって、牛乳ではなくトマトジュースを一缶、嚙むように飲む。ひと息ついたところで、電話が鳴った。レーミンからだった。

「ごめんね、遅い時間に。日曜に子ども連れて、そちらへ帰るのよ、会えない？」

残念ながらその日、蕗子さんは磯村酒造の大旦那《おおだんな》さんを訪ねることになっていた。

＊

「そうなんだ。日曜なら空いてるかなと思ってたのに。残念。でも、ぜんぜん心配いらないよ」とレーミンが言う。

「なんの心配？」

「月曜日もいるし、火曜日もいられるから」

レーミンは学生時代と変わらない口調で話していた。なにかにつけて押しの弱い蕗子さんに比べると、彼女は自分が押していることを意識しないで押し切れる、うらやましい才能の持ち主だ。なにかを提示して、じゃあだめね、とあきらめるかわりに、彼女はかならず、でも、とつづける。頼みごとがあるときそれはとりわけ顕著になったのだが、世間ずれしていないからか、そんな言い方をすればするほどほがらかで明るく聞こえるのだった。

寒い国の革命を成功させた人物にも、こんなふうに強引さだけではない力があったのだろうか。社会の教科書の白黒写真で覚えたあの禿頭《とくとう》の男性が「レナ川のひと」という意味の、響きのやさしい筆名を選んでくれたことに、わけもなく感謝したくなってくる。そうでなければレーミンはレーミンにならなかったのだ。

しかし、蕗子さんの耳は、電話のなかの声に、無理につくったような、やや明るすぎる調子をもとらえていた。

「子どもの学校は、どうするの？」

「上の子は留守番。連れてくるのは下の子だけど、月、火と振り替え休日なんだ。でも、たぶん、月曜には旦那が迎えに来て、あたしだけ残る。もしかしたら、火曜以後も」

なるほど、と蕗子さんは、気持ちのぶれを隠すときの母親の口調を真似て答えた。事情を察したことを察してほしいという屈折した語調ではあるけれど、レーミンがこういう筋立てで実家に帰ってくるのは記憶にあるだけでも三度目だったし、さんざん心配させておいて最後にはのろけ話にさえなる展開にはもう慣れっこになっていた。

それにしても、まわりに気がかりなことばかり増えていく。ひとの悩みを思いめぐらしている余裕はないのに、そのいずれにも手を触れて、しかも、触れるだけでなにもできずにいるなんて。

「日曜はどうしても動かせないから、そのあと様子を見て、こちらから電話する」

と蕗子さんは言った。「どこか、ひろくて、気持ちのいいところで、食事でもしようか。来週の前半は忙しいし、なかばは雨だから、再来週かなぁ」

「それまで実家にいろっていうの？」とレーミンは大げさに笑い、「でも、東京は雨なんて予報じゃなかったけど」と不満そうに言葉を返した。

学生時代はミス行楽とも呼ばれていたくらいの旅行好きで、行き先のお天気は向こう一週間、しっかり押さえているのが彼女の自慢だったのだ。

「来週のなかばは、雨。会社に専属の気象予報士がいるのよ」

「そうなの？」

「そうなの」

蕗子さんの頭に、重田君のとぼけた顔が浮かんだ。

「たいしたものねえ。ビルや倉庫の管理業務に、天気が必要な時代になったんだ。花屋が雨降りを気にするのは、わかるけど」

レーミンの実家の佐藤花卉《かき》店は、国道から駅前広場へとはいっていく交差点の角にある。住居を兼ねた鉄筋コンクリートの三階建てで、家族は二階と三階に住んでいた。ときどき遊びに行ったそのリビングの窓からは、のちに蕗子さんの母親が入院することになる大学病院が見えた。近くに市民病院もあるためお見舞いの花がよく売れて、品物の回転も速い。地元の住民たちが多少面倒でもここに立ち寄ってくれたし、病室への配達を頼む客も多いからだ。

もっとも、蕗子さんがアルバイトをしていたのは、徒歩で十分と離れていない駅前の、アーケード商店街の支店のほうだった。こちらは若いひとでも気軽に手にできるような品揃《しなぞろ》えで、レーミンの母親は本店がよほど忙しい場合を除いて毎日午後には顔を出し、花の切り方や色の合わせ方、そして展示の場所にいたるまで、細かく指示を出していた。なにはともあれ、仕事には熱心な女性なのだ。在庫切れをなくすために、つきあいのある近県の農家からの直接仕入れに踏み切ったのも、彼女の意向だったと聞いていた。

売れ残りよりも品切れ状態を嫌うレーミンの母親は、切り花はすぐ悪くなる、二、三日のうちの、いちばんきれいな顔を見せてやらなきゃ、と店の者に口をすっぱくして言っていた。ただし、蕗子さんのところへ見合いの話を持ち込んでくるときだけは節を曲げて、あたしはね、あんたを売れ残りにしたくないの、品切れにしてあげたいのよ、と迫るのだった。母親代わりの気づかいをありがたく頂戴《ちょうだい》しながら、蕗子さんは、売れ残りの蕗でけっこうです、と笑ってごまかすしかなかった。

花の市は、週に三日ある。出勤日はそのうち二日重なっていたので、市場から仕入れたものに関しては、最も新鮮な香りを嗅《か》いでいたことになる。雨の日はそれに薄い湿気の膜が一枚かかって、種類によってはさらに複雑で芳潤な香りがひろがった。アーケードに入るまえからその香りは鼻をついたし、雨ならなおさら通行人もふえるので、これは売れる、と若い蕗子さんはひそかに期待したものだ。

しかし、売り上げはかえって悪くなった。傘の花がいくら町なかで咲いても、ほんものの花は店先でしか咲かない。アーケードのなかでは傘を閉じる。片手に濡《ぬ》れた傘をぶらさげてもう一方で鞄《かばん》を持てば、花を抱える余裕なんてなくなるからだ。どうしたら雨の日に花を買ってもらえるのか。花屋が天気を気にするというレーミンの言葉は、そのことを指していた。当時導入されつつあった雨の日の特別割引に、蕗子さんはかならずしも賛成できなかった。洋服をクリーニングに出すときは雨の日の割引をねらったりするのに身勝手なものだけれど、花のなかには雨の日のほうが美しく、香り高いものもあるというのに、わざわざ安くして価値を下げることが納得できなかった。あんたの、そういう正直なところが大好きだけどね、割引っていうのは全品に適用するんじゃないんだよ、とレーミンの母親は諭すように言ったものだ。割引しますっていうのは誘いなんだから、きれいな花はきれいなまま、値段は下げたりしないの、下げてもいいものだけ下げるのよ。でも蕗子さんは、そうやって一部を安くすると、売りものすべての価値が下がるような気がしてならないのだった。

レーミンと電話で話したあと、やっぱりあたしは雨女に近い素質があるのかな、と蕗子さんはため息をついた。置き傘を差したいばかりに雨を待ち望んだりする物好きがたたってか、運動会、遠足、修学旅行と、ここぞという行事の日はたいてい雨になった。雨天中止、雨天順延、雨天決行。専属の気象予報士にお伺いなんて立てなくても、大事なときにはお天道様《てんとさま》のほうが勝手にへそをまげてくれる。

ただし、逆に考えることもできた。もし雨が降ったら、それは大事な日になるのだ、と。このあいだ、昼食の時間が過ぎたころを見はからって、蕗子さんは会社から磯村酒造に電話を入れてみた。若い女性が出て、大旦那さんはお留守です、という。用件を述べると、そういうことでしたら、日曜日の午後にいらしてください、毎週、お客様をお迎えする日になっておりますので、何時にいらしてもかまいません、お話は伝えておきます、と丁寧に応対してくれた。

＊

残念なことに、日曜日は快晴だった。建物や木々の影がこんなにくっきり見えたのは、いつ以来だろう。蕗子さんは家で簡単な昼食をすませると、あらかじめ控えておいた日曜日の電車とバスの時刻表を確認してから部屋を出た。ほかになにも思い浮かばないので近所の和菓子屋をのぞき、何度か食べて味のわかっている豆大福を手みやげに買って鏑木の駅まで出ると、そこからひょうたん池を通るバスに乗った。折り詰めをうっかり縦にしないよう、蕗子さんは脚をぎゅっと閉じるように身体を硬くして、膝《ひざ》のうえで包みを水平に保ちつづけた。

湿気がきれいに取り払われた大気を抜けてくる光の、久しぶりのあたたかさに、いつのまにかまぶたが落ちてくる。こまかい縦揺れのまじったバスの、左右の振りにあわせてゆっくりと身体を浸してくるこの眠りは、むしろ緊張ゆえのものだと蕗子さんは思い込もうとしていた。どんなに忙しくしていても、流れをさまたげるようなぽかを適度に繰り返すおかげで、忙しさが表に出ない損な顔つきだと複雑な評をもらったことも何度かある。そんなふうに言われてみると、ほんとうはたいして忙しくないんじゃないか、と思われてくるのだった。

しかし、ながいあいだのひとり暮らしで、蕗子さんは、日を送ることにひそむ際限のない反復の魔を意識するようになってもいた。そこから出て行くより留まるほうに居心地のよさを感じるのは、たしかに一種の退行かもしれない。生活の面でも、仕事の面でも、最近はなにかあたらしいことを見出《みいだ》そうとする努力を怠っていた。それが悪いとか退屈だとか言うのではないけれど、放っておくと、それこそ空気の抜けた縁日のヨーヨーみたいにしぼんでいかないともかぎらない。父の死は、だから気持ちを沈ませるのと同時に、心を静かにゆさぶる刺戟《しげき》にもなっていた。

停留所の名を告げるアナウンスで、つと意識がもどり、進行方向右手にそのまま目をやると、星雲荘というペンキの看板がある二階建てのアパートの平たい屋根のむこうに、角張った煉瓦《れんが》煙突が伸びていた。このあたりにはまだ銭湯通いのひとも多いのだろうか。ひょうたん池の近くにも健康ランドと称するお風呂屋さんがあって、先へ行けば行くほど細くなる円筒形の煙突が空に突き出ているけれど、こちらはかなり年季の入った立派なものだ。ぼんやりした頭で感心していると、そこに「磯」らしき文字の一部が見えた。その瞬間、蕗子さんは、膝上にそろえていた手をさっと動かし、クイズ番組の早押しさながらのすばやさで降車ボタンを赤く点《とも》した。

日吉町一丁目。なるほど、造り酒屋ならそれにつきものの、煉瓦煙突を探せばいいわけである。バス通りに面しているのは白壁の塀で、入り口は反対側の、川沿いの小路《こうじ》にあり、大きな暖簾《のれん》がかかっていた。この建物なら、いつか地方新聞の特集記事で写真を見た覚えがある。そこだけ別種の時間が流れているような、どっしりとした店構えだ。入るとすぐ広々とした三和土《たたき》があり、左手の、何人も腰掛けられる板の縁をへだてたガラス戸のむこうに、畳の部屋が見える。

和服の女性でも出てきそうな雰囲気だが、座卓に座ってなにやら書きものをしていたのはTシャツにジーンズ姿の女性だった。想像していたむんとする麴《こうじ》の匂《にお》いはなくて、水を打った三和土から、テラコッタのように硬い土の匂いが立ちのぼっている。ふだん見慣れている倉庫群とはあまりにかけ離れた世界に気おくれしつつ、それでもガラス戸にむかって、ごめんください、と声を出した。

はあい、と電話で聞いたのとおなじ声がまず響いて、そのあとを追うように、女のひとが両手をついたままするすると畳のうえをいざってこちらを向き、蕗子さんの姿を認めて会釈《えしゃく》した。引き戸のガラスは相当に古いものらしく、ところどころ厚みにむらがあり、立ちあがった女性の顔の一部がゆがんで見える。

「あの、先だって、電話で……」

「ようこそ、おいで下さいました。今日はまだ、どなたもいらしてなくて。すぐにご案内いたします。この奥を少し入って、左に折れたところへまわっていただけますか？」

言われるまま進むとそこが母屋《おもや》の玄関になっていて、女のひとがスリッパをきれいにならべて待っていてくれた。庭石菖《にわぜきしょう》が咲いている中庭を横目に黒光りする廊下を抜け、つきあたりの引き戸をあけると、そこが大旦那《おおだんな》さんの部屋だった。

「お見えになりました。いま、お茶をお持ちしますね」

女のひとは奥に声をかけて、いったん場をはずした。厚い絨毯《じゅうたん》敷きの和室で、中央にほんのわずか日焼けした風合いの、淡い芥子《からし》色《いろ》の応接セットがある。

「いらっしゃい。お待ちしておりましたよ」

大旦那さんはこちらむきに、ゆったりとしているのに隙《すき》のない姿で立ちあがり、むかいのソファーを蕗子さんに手で示した。おいくつぐらいなのだろう、肘掛け椅《ひじかい》子《す》に腰を下ろしてもなお酒蔵の煙突みたいにひょろりと縦長の印象で、それでいながらひとつひとつの挙措にぶれがなく、声もしっかり前にとおってくる。

「さて、お話をうかがいますかな。というより、お父さまのことでおいでになったんでしょう？」

「はい」蕗子さんは素直に認めた。

「ちょうどよかった」

「はい？」

最初の「はい」より一オクターブ高い声で反応して、ちょっとだけ身体を硬くする。バスに乗っていたときとおなじで、無意識のうちに腿《もも》に力が入っている。そう硬くならなくてもよろしいでしょうと大旦那さんは笑って、じつは、わたしのほうからもお話ししたいことがあったんですよ、と訪問者よりも先に言葉を探した。

「……だいぶまえのことですが、知り合いからある頼まれごとをしましてね、なにか妙案はないかというので、丸山さんの、あなたのお父さまの電話番号を教えたんですよ。似たような展開になることは、これまで何度もありましたからな。ところが連絡してみるまで、ご本人はだいぶ悩んだらしい。迷っているうち不幸にもお父さまが亡《な》くなられて、そのことを知らずに、ようよう電話をかけた。すると偶然にもあなたがそこにいらして、応対された」

「そのとおりです」

「そして、ふたことみこと話してから、紹介者として私の名を出した。誤解のないよう申し添えておきますが、名前はいつも出しておりますよ、それがわたしと丸山さんのあいだのルールでしたからね」

「ルール、と申しますと?」

「これは、言い方がまずかったかな。暗黙の了解、といったところですか。貸し借りだとか、そういうこととは関係のない話ですから、名前を出す出さないはどうでもいいんです。私は……そうだ、あなたのお名前は、たしか……」

「蕗子と申します」

「そうでした、そうでした。で、上のほうは、お母さまの？」

「はい、北園です」

そのとき、さきほど案内してくれた女性が、お茶と薄く切り分けた羊羹《ようかん》を運んできて、どうぞごゆっくり、とふたたび辞そうとしたところで、蕗子さんは、あ、となにかを思い出したように声をあげ、身体を横にねじるように倒して、さっきまで大事に抱えてきた包みをとりあげてまっすぐ立ちあがると、あの、これ、つまらないものですが、召しあがってください、うちの近くの、変哲もない和菓子屋さんの、豆大福ですけれど、とまるで殿上人に献上するかのように、うやうやしく大旦那さんに差し出した。

大旦那さんは、麹が醱酵《はっこう》したらきっとこんな音を出すにちがいないという、くふくふとまるみのある笑い方をした。

「血は争えませんな。こういうところで『変哲もない』なんて言いまわしを使うところなんぞ丸山さんにそっくりだ。それから、豆大福もね」

驚いたことに、父の好物は豆大福だった、と大旦那さんは言うのである。自分が食べ付けてないものを、ただ評判がいいというだけで試しもせずひとさまに贈るのはよくない、しかし、食べ付けているものといったらこれしかないので、手みやげはいつもおなじものになってしまうのですが、と妙によじれた理屈をこねて、きまって豆大福を持ってきたのらしい。父が甘党だったなんて蕗子さんには初耳だった。おまけに豆大福だなんて。

「せっかくだから、いま頂戴しましょう。良枝さん、これも頼みますよ」と大旦那さんが言う。「申し遅れましたが、こちらは息子の嫁です。丸山さんに助けて頂いた、息子のね」

＊

約束なしの面会日と言われていただけに、あとに来るかもしれないお客さんたちのことを頭の隅でずっと気にしていたのだが、おいしい羊羹と、あらためて土ものの小皿にひとつずつ出された豆大福を、お酒の仕込みに使っているのとおなじ井戸水でいれられたお茶でいただきながら大旦那さんと話をしているうち、自分とつながりのある人々や知らずしらず消化してきた時間のことだけで蕗子さんは頭がいっぱいになっていった。バスに揺られていたときの緊張は大旦那さんの鷹揚《おうよう》な話しぶりのまえでとうにほぐれていたけれど、それとはべつの、これまで一度も意識したことのない身体の部位に血がめぐって、不足していた酸素を届けてもらったような感覚もあった。

じつを申せば、と豆大福をほんのひと口かじってお茶を啜《すす》ったあと、大旦那さんは話しはじめた。

「入れ歯の調子がね、いまひとつなんですよ。それに、急いで飲み込んでは命にかかわることもありますからな、あまりもちもちした食べものは、このところ禁じていたんですが、あなたの手みやげと丸山さんのとの味わい深い一致に、すっかり安《あん》堵《ど》いたしました。それですこしいただく気になったわけです。皮はしかし、厚めのほうがお好きなようですな」

「そうなんです」

餡《あん》の甘みとお茶の甘みがほどよく口のなかで溶けあった、鼻腔《びこう》にまで残るそのかすかな香りを逃すまいとできるかぎり唇を結び、ずいぶん細かいところまで観察されていることに驚きを感じながら、蕗子さんは恥ずかしげに反応した。じっさい、すぐに餡が出て来そうで出て来ない適度な厚みの皮が好みだったのだ。要するに、蕗子は素人《しろうと》くさい素朴なのしか食べられないんでしょ、とよくレーミンにからかわれたものだけれど、餡がきれいに透けて見えるくらいの薄皮の和菓子に歯を当てると、むかし学校の帰りに拾って鼻先を当てた拍子にちょっとだけ嚙《か》んでしまった仔《こ》猫《ねこ》のお腹《なか》の感触を思い出して、一瞬、遠慮したくなる。というか、甘嚙みするみたいに、表面だけ触れて口にも胃にも入れないままにしておきたくなる。

「ですがね、小豆の固さも塩加減も、まさしくお父さまの選択と同等です。よいものをいただきました」

「まともな味になってるのは、お茶のおかげだと思います」

蕗子さんはなんの社交辞令もなしに言った。酒造りに使う井戸水でいれてあると教えられたのはこのときのことで、大旦那さんによると、店の真下から汲《く》みあげている水は尾名山系から鏑木一帯を通っている地下水とつながっていて成分も近く、灌漑《かんがい》用にただ大きな穴を掘って水を溜《た》め込んだだけだと思っていたあのひょうたん池も、じつは東側の底からきれいに澄んだ湧《わ》き水《みず》が出ているのだという。父の部屋は池のくびれにあるから東西どちらにも視界は開けているけれど、水面の色にあまり差はないように見えるし、湧き水の池と聞いてすぐ連想されるような独特の諧《かい》調《ちょう》のある青はなかった。ひょうたん池の水は、液体の波ではなく固体の皺《しわ》が走っているようで、高台から眺めると、薄青に色づけした大きな寒天がゆらゆら揺れているみたいなのだ。

そこでようやく蕗子さんは、さきほど思いがけずあっさりと口にされたためすぐに反応できなかった大旦那さんの言葉を受ける間合いをつかんだ気がして、「めぐらし屋」のノートをバッグから取り出し、あの新聞の切り抜きが貼《は》られている頁《ページ》を差し出した。大旦那さんはテーブルの端に置いてあった老眼鏡を手に取り、砂金でも探すように真剣なまなざしで一字一句追って、よくもまあ保存してあったものですね、とおだやかに言った。

「ほんとうに時間の経《た》つのはあっという間です。最近、こんな台詞《せりふ》ばかり繰り返してますがね。いまでも鏑木町の近辺には緑が多く残ってますでしょう。さびれていたわけじゃないにしても、昭和の三十年代といえばまだまだ鄙《ひな》でした。周囲に高い建物なんてありませんから、うちの煉瓦煙突はずいぶん遠いところからでも見えたものです。日吉町のこの道路だって、私の記憶のなかでは舗装されてからまだ数年にしかなりません。線路のバラストとして撒《ま》くようなとんがった石が、あちこちに落ちていました。あなたはかろうじて見覚えがある世代でしょう。ガラスの破片やら釘《くぎ》やら、転ぶと怪我《けが》しそうなものがいっぱいありましたよ」

子どものころに未舗装の道路がたくさん残っていたのは覚えていたものの、話がどこにつながっていくのか蕗子さんにはつかめず、冷めてもなお甘いお茶の残りを舌先でちょっとだけなめるように飲んだ。それから大旦那さんの眼とまだその手のなかにあるノートを交互にながめ、最後にまた目線をあげようとすると、肩越しにのぞいている壁の柱に、はがきほどの大きさの日めくりが掛かっているのが見えた。台紙に磯村酒造の屋号と住所、電話番号などが刷られている定番の日めくりで、父親の部屋にあったものは、釘を打ち付けてある柱の幅にあわせてこの台紙を取り払ったものだということがはからずも確認できた。年号は今年のものだったから、ここで手渡されたのか、送ってもらったのかのどちらかだ。少なくとも、磯村酒造の大旦那さんとのつながりは切れていない。

右、下、右、わかりません。左、下、下、わかりません。お風呂《ふろ》でひさしぶりに復習した視力検査の成果を生かして、蕗子さんは大旦那さんの声を耳に入れながら、日曜日の日めくりの、赤い数字の下の文字に目を凝らす。「先負」とある。なんと読むんだっけ？　せんぷ、せんぶ、せんまけ、それとも、さきまけ？　よい意味なのか、わるい意味なのかがはっきりしない。率先して行動を起こすと負けになる、ということだったかな。ほんとうは、心しずかに家で過ごすのがよかったのかもしれない、とやや消極的な解釈をした蕗子さんの耳に、車がね、揺れるんですよ、と大旦那さんの声が聞こえる。ノートはいつのまにか閉じられて、テーブルに置かれていた。

「がたがたがたその砂利を踏みましてね、雨あがりの泥濘《ぬかるみ》になったところには、板を渡してタイヤをそこに乗せるなんてこともよくありました。ところがうまく渡らないと、かえってひどいことになる。大時化《おおしけ》の海みたいに右肩左肩がぐっと下がると言いますか、下に押しつけられましてね、酒を運ぶのだって大変だったんです。重い荷物を積んだトラックが、いちばん危ない……その冬の年の瀬だったでしょうか、笹川寄りの片側道路からひょうたん池に下りていくあたりで、鉄くずを運んでいたトラックが深い水たまりにはまって、横転したことがあるんです。近隣で集めた廃材やなんかを山と積んでたトラックでね。オート三輪、わかりますか？」

「憶《おぼ》えてます。三輪車の、トラックですよね、ひょっとこ顔した」

「ひょっとこ？」

先負、の二文字が脳裏に浮かぶ。こういう間の抜けた受け答えだけはしないようにと思っていたのに。話の腰を折られながらも大旦那さんはやさしい笑みを浮かべて、なんとなく入れ歯を気にするふうにお茶を啜ったのだが、それがまた蕗子さんにはひょっとこ顔に見えるのだった。

「なるほど、似てますな。ライトもまるいし、口も尖《とが》っている。とにかくそのひょっとこ車は、安来節《やすぎぶし》を踊ってるわけでもないのに安定が悪いわけです。それがごろごろ転がった。結構な騒ぎになりましたよ。運転手が腕の骨を折って、駆けつけたひとたちの注意は荷物じゃなく、当然けが人のほうにいった。たばこを吸いながら運転していて、灰がズボンに落ちたんだそうです。払い落とすために下を向いたほんの一瞬で、バランスを崩したんでしょう」

「池には、落ちなかったんですね？」

「幸いにもね。岸辺の石に当たって勢いが止まった。ところが、年を越してしばらくすると、あのトラックの積み荷に、鉄くずに見せかけた宝ものが入っていたという噂《うわさ》が子どものあいだにひろまったんです。事故現場の周辺で宝探しがはじまって、うちの息子もそれに乗った。友だちがめずらしい形のボルトなんぞ見つけたのに、自分だけ収穫がない。だから内緒で、危険箇所に出かけた。そして、夢中になって探しているうち、足を滑らせたんです」

＊

大旦那さんはそれから、当時の思い出をまるで昨日のことのように詳しく語ってくれた。「先負」の訓《おし》えどおり受け身にまわって、途中からはほとんど合いの手も入れずに、というより入れようがなくなって、蕗子さんはその話にじっと耳を傾けた。偶然が偶然を呼び、どうしてこんなことがと思うようなつながりを生んで、坂道を転がったおむすびがころりんと穴に落ちるみたいに、その連鎖の果ての不思議な穴にだれかが落ちる。そして、無事に出てきたときには、外の景色がまるで変わっているのだ。もちろん、心の内の景色も。

年の暮れのその日、鉄くずを積んだトラックがひょうたん池の側道を通ったのは、たまたま近所の家で電柱から引き込み線の工事が行われていて、ほんの三十分ほどのあいだ通行止めになっていたからだった。おまけに明けて二月、息子さん、つまり若旦那さんが昼間こっそり宝探しに出かけたのは、流行性感冒の猛威で学級閉鎖になっていたからなのだという。家でおとなしくしていなさいと命じられた未来の若旦那さんは、友だちがみな家に閉じこもっているなら競争相手もいないし、だれにも見つからずにすむ、見つけたものも遠慮なくひとり占めにできると考えたのだった。

池の縁の、横板で補強されているところから深みにすべり落ちて、水の冷たさと、すでにひとつ見つけて握りしめていた金属製のヤスリの一部を失うまいとする手の動きの鈍さのせいで少年はパニックにおちいり、声をあげることもできなかった。そこへ、蕗子さんの父親が車で通りかかったのである。もしひょうたん池をめぐる道路の、外側の車線を走っていたら、落下地点は木立ちに隠れて運転席から死角になり、発見が遅れたはずだと、消防署のひとがあとで教えてくれたそうだ。

父はすぐに車を止め、斜面をいちもくさんに駆け下りると、そのまま池に飛び込んで少年を助けあげ、意識がはっきりしているのを確認して、ヒーターの効いた車に押し込んだ。そして、いちばん近くにあった家に駆け込んで事情を話し、タオルと毛布を借りて車にもどると、泣きじゃくる少年の身体《からだ》をくるんで、なんとか名前と住所を聞き出した。走ってついてきてくれたおばさんがそれを聞いて、ああ、じゃあ磯村さんとこじゃないかね、酒屋さん、煙突がある造り酒屋の、と言う。

この先を左に、日吉町のほうに曲がれば正面に高い煙突が見える、あたしが電話を入れとくからとおばさんが言うので、父はまよわず車を走らせた。ほんとうは案内を頼みたかったのだが、ライトバンは二人乗りで、後部には重い荷物がぎっしり詰まっていたのである。スピードを出そうにも馬力がないし、人助けが事故につながったら元も子もないというわけで、父は、平常心、平常心、と言い聞かせながら、造り酒屋の煙突を目指して走った。大旦那さんは、ここで父になりかわったみたいに、両腕をのばし、ハンドルを握る恰好《かっこう》をして、へいじょうしん、へいじょうしん、とお経を唱えるように繰り返した。何度も聞かされましたからなあ、とそのときだけ笑いがまじった。

「偶然の差配です、まったく。丸山さんのような方でなければ、助けていただけなかったかもしれません。おたくのお子さんが、ひょうたん池に落ちて、と電話があったときは、そりゃあもう動転しましたよ。学級閉鎖の連絡があったのは朝方でした。息子が外に出て行くところをだれも見ていなかったんです。部屋で遊んでるとばかり思ってましたからね。タオルを貸して下さった方は、うちの若い衆を知ってたそうで、息子が名前を言ったらすぐにわかってくれた。これも運がよかった。丸山さんには、お名前と連絡先だけ無理にうかがいましてね、暖をとらせて落ち着かせてから、すぐに息子を病院に連れて行きました。どこか打ったりしてないか、へんなものを飲み込んだりしていないか心配で。幸い、なにごともありませんでしたが、宝探しの事情を話したら、医者に笑われましたよ」

学級閉鎖、という言葉の響きに、蕗子さんはしばし陶然となった。病気で苦しんでいる友だちには申し訳なかったけれど、子どものころ最もわくわくしたのが、この学級閉鎖だったからだ。大型台風接近による大雨洪水警報も、運動会のあとの振り替え休みも、学級閉鎖にはかなわない。二、三年まえ、会社でインフルエンザが流行《はや》って何人かいっぺんに倒れたとき、蕗子さんは部長に、仕事の段取りだけして、あとは思い切って学級閉鎖にしたらどうでしょうと進言して、ひどく呆《あき》れられたこともあった。

「町内報に出たのは、私が消防署に連絡したからです。なんとかお礼がしたかった。丸山さんはずいぶん渋りましたよ。でも、なにもいらないと仰《おっしゃ》るんだから、あとはお決まりの表彰しかなかったわけです」

「父は、そこでなにをしてたんでしょうか？」

いちばん聞きたかったことに、蕗子さんはようやく触れてみた。

「そのころは、安定した仕事にはついてなかったはずなんです。うちにもあまり戻ってきませんでした。ただ、ときどき変な時間に、見慣れないライトバンに乗って帰ってくることがあったんです」

「息子を運んでくれたのは、たぶんその車でしょう。うしろになにを積んでいたか、ご記憶はありませんか？」

蕗子さんは黙って首を横に振った。ふつうの車より平たくて細ながい印象しか残っていない。後部座席に積んであるものにまでは、もちろん気がまわらなかった。

「あなたも幼かったでしょうからね。ちょっとお待ちください。飲みもののおかわりを頼みましょう」

そう言って、日めくりのある壁の近くの電話を取りあげると、内線で、お茶のおかわりをお願いしますよ、それから事務所に置いてある一郎太の、あの事典を一冊、持ってきてくれないかね、といまでは若旦那さんの奥さんだと蕗子さんにもわかっている先の女性、つまり良枝さんに言った。どの巻でもいいと付け足されたその命に従って、まずはお茶を、良枝さんはそれから真っ黒い表紙の、大きな本を別々に持ってきた。これでいいでしょうか、と良枝さんが差し出した本を見たとたん、蕗子さんの頭のいちばん深いところでなにかがむずむず動きはじめた。ひろげて伸ばしても取れない皺の奥に隠れていて、今日の今日まで見逃していた糸くずの端に気付いたかのようだった。

「これです」大旦那さんはその本を膝《ひざ》のうえに置いて、てのひらでさらさらと表紙を撫《な》でた。「なんの行商だろうかと最初はびっくりしました。ライトバンの半分が段ボール箱で一杯だったんですからね。御礼がてら、一夕、食事に来ていただきまして、その折に当日のようすもまじえてお話をうかがったわけですが、載っていたのはこの、百科事典でした」

「配送の仕事をしていたんでしょうか？」

「いや、積み荷はぜんぶこれ。届けものではなくて、売って歩いておられたんです。

訪問販売ですな、要は。ひと揃《そろ》い、居間の飾りみたいにして買うひとが出てきた時代で、そういう仕事も成り立っていたんです」

大旦那さんは老眼鏡に触れて、本の奥付に目をやった。

「雉間《きじま》書店。めずらしいでしょう。鳥の雉に、あいだの間で、雉間。丸山さんによると、流行に乗ろうとして出したものではなく、社主が望むとおりに、精魂込めてつくったものらしいですな。飾りもなにもないが、内容はいい。ところが競合相手の大手は、全巻揃いで予約すると本棚を特典でつけてくれたりする。見かけにつられて、みなそちらへなびく。その結果、あと数巻で完結というところで会社が立ち行かなくなった。あなたのお父さまはね、残部の大半を借金してまで買い取って、売ることにしていたんだそうです」

忘れていた記憶をひとの協力を得て突発的に思い出すことと、なんの記憶も持たなかった幼少時代の自分の姿や親の横顔を、確実に存在している写真や、映像や、身につけていた衣装、それから肉親をふくめたたくさんのひとたちの証言によって構築していくことは、どうちがうのだろう。人生最初の記憶がそれぞれの年齢で異なるように、記憶を持つ生きものとなっていく過程もみなちがう。存在した記憶をいったん失ってからつくり直すのと、最初から存在しなかったものを無理にこしらえていくのとでは、どんな差異があるのだろうか。とにかく、脳までヨーヨーにならないようにしなければ。蕗子さんの目は、人工皮革の厚い表紙に、ますます吸い寄せられていった。

＊

百科事典の黒い表紙には、爬虫類《はちゅう》の皮膚みたいなこまかい突起があり、上寄りに金で箔押《はくお》しした「コンプリート百科全書」という、大げさなタイトルが横に連なっていた。文字の下には赤いラインが短く引かれ、それと一部重なるように、「かう〜けみ」と、ひどく中途半端《はんぱ》な五十音の検索記号が刻まれている。

「ご覧になればおわかりになるでしょうが、うちにはこれをぜんぶ使いこなせるような人間はおりませんでね。まっさらでしょう？　おそらく開いていない巻もあるだろうと思いますよ、たまに酒造関係の言葉を引いていた程度ですから」

「じゃあ、これは……」

「そう、丸山さんから買わせていただいたものです。ただし、お父さまの名誉のために申しあげますが、買って下さいと頼まれたわけではありませんよ。御礼を受け取って下さらないのでどうしようかと迷いましてね、ライトバンの荷の正体をうかがったところ、なにやら事情があってのお仕事だろうと想像がつくような言葉の運びでしたから、それ以上は問わずに、じゃあ、とにかくそのひと揃いを売って下さいと、こちらからお願いしたんです」

完結していない百科事典で、しかも未刊行分は未刊行のまま終わり、予約もできない状態にありながら「コンプリート」か。蕗子さんは、笑っていいやら泣いていいやら、とにかくひとつため息をついて呼吸を整えた。百科事典のたぐいが家に置かれていたことはなかった。そういう仕事に関係しているなら、まずいの一番に、自分の家に一セット引き取るのがふつうなのに、それもまたおかしな話だった。家に戻ってくると父はよく本を読んでいたけれど、背にはたいてい整理番号のシールが貼《は》られていたし、調べものをするときも最寄りの図書館を使っているようだった。何度かいっしょに本を借りに行ったこともある。そういえば、図書館に持って行く手提げの鞄《かばん》に、父は「めぐらし屋」のそれに似たノートを入れていたような気がする。蕗子さんに児童書の棚のまえから動かないよう命じておいて、自分はカウンターの近くの新聞や雑誌や辞書が置いてあるコーナーに行き、なにやら書き写していた姿が記憶の隅にある。アパートの書棚に、蔵書の桁《けた》がひとつちがう県立図書館の、時期の異なる廃棄処分本が数冊まじっていたことから推察すると、近場で解決できない問題が生じたときには規模の大きなところへ足を運んでいたのだろう。

もっと広い家に住んでいたら、もっと家計に余裕があったら、たくさんの本を買っていたかもしれない。しかし事情はどうあれ、父は、書く仕事をしていたにもかかわらず、結果として大量の書物を自宅に持ち込むことがなかった。前面になぜか簡易カーテンレールがついた、六段だか七段だかの本棚がひとつあって、必要な本はそこに過不足なく収まっていた。

大旦那《おおだんな》さんの言うように、また父が大旦那さんに話したように、知り合いの借財ならぬ百科事典の不良在庫をそっくり引き受けるだけの義理があるなら、仕事の内容はともかく、そこに肩入れするだけの根拠を家族に話しておくべきだったろう。知っていたのか知らなかったのか、母は死ぬまで、百科事典のことなんかひとことも話さなかった。

しかし、全巻完結していない端本《はほん》に等しいものを売りさばくのは、かなり大変だったにちがいない。それどころか不可能に近かっただろう。失敗が目に見えているのに、そんな行動に出た理由をちゃんと説明できないのが父なのだとも言えるけれど、こうなるともう、他人が口を挟む余裕などなくなってくる。ただ、大旦那さんの言葉を介して伝わってくる父の落ち着きぶりからすると、じつは、母にだけは、なにをしていてなにを考えているか、ある時期までの動きは説明していたのではないか、とも思われるのだった。父からは不器用だ、粗忽者《そこつもの》だと言われ、母からはその父にそっくりだと評されたとおりの性格なのだから、のちの離別につながる重要なしるしを、自分はきっとたくさん見落としてきたにちがいない。振り返ってみれば、大旦那さんの話の細部は、蕗子さんが見聞きし、感じ取っていたかつての家の状況に、ある程度まで合致していたからだ。

借金、百科事典、ライトバン、人命救助。子どものころテレビで見ていた「連想ゲーム」を思い出す。ヒントは、それを与える側の感性と受け取る側の感性のバランスによって、残酷に変化する。正答をだれもが確信していたやりとりが、とんでもない方向にずれていく。与え損ねと受け損ねの劇は、友だちと遊ぶときの気持ちのすれちがいにそっくりだ、と蕗子さんは感じ入っていた。

わからない部分は、やっぱりどこまで詰めてもわからないままだ。なぜ父が家を出たのか。なぜ母がそれを引き留めなかったのか。憎みあい、恨みあっているふうには見えなかったし、口汚くののしりあうなんて場面もついぞなかったのに、どうして別れることになったのか。知らない女性がからんできたりすれば世間にも通りのいい説明になるのだけれど、父が亡《な》くなってからそんなひとたちが現れることもなかった。母の死をきっかけにまたしばしば言葉を交わすようになってからも、蕗子さんにとって、父は少女時代を見守ってくれたころのままで、近しい感じはするのにその当時から抱えていた距離をなかなか詰めてくれない、あたたかい謎《なぞ》でもあった。

「どうも話があっちへ行ったりこっちへ行ったり、落ち着かなくなってきましたね。もう頭が働かない年になりましたよ」

「こちらこそ、つい聞き入って、ぼうっとしてしまって。お疲れのところ、長々と申し訳ありませんでした。そろそろお暇《いとま》いたします」と蕗子さんはあわてて謝した。

「いやいや、まだ大丈夫ですよ。最初にお話しした電話の件に戻るつもりが、どこからどう引き返していいのやらわからなくなりましてね」

大旦那さんは苦笑いをし、またひょっとこのように口をすぼめて冷めたお茶を啜《すす》った。

「私にできることがありましたら、なんでもさせてくださいと、そう言ってその晩は別れたのです。しかしそれから三年、なんの連絡もありませんでした。冬、事故のあった日がやってくるたびに、丸山さんのことを思い出しましてね、どうなさってるかな、と心配していたんですよ。ところがある日、ふいに訪ねていらした。今度は、歩いてね」

「歩いて？」

「ライトバンではなく、ということです。例の百科事典はなんとか整理がついた。ついでに生活のほうも整理した。そう仰るんです。それで心機一転、あたらしい部屋を探していたら、周旋屋さんがぴったりの物件があると言ってひとつ紹介してくれた。それがなんと、ひょうたん池の脇《わき》にあった。丸山さんは、これもなにかの縁かとそこを借りることにして、うちに挨拶《あいさつ》にいらしたんです」

「整理っていうのは、母と別れたってことでしょうか」

大旦那さんは声には出さず、顎《あご》を引くように首を縦に振って、おだやかに認めた。

「いま、なにをなさってるのかと、不躾《ぶしつけ》な質問をしたわけです。そうしたら、チラシやパンフレットをつくる会社の下請けをしていると仰るじゃありませんか。ちょうど創業祭の準備をしていたところでしたので、その場で折り込み広告を考えて下さいと依頼したんです。しっかりやってくださいましたよ。ただ、丸山さんは面白い方でね、堅気というのか、偏屈というのか——、これは失礼、娘さんのまえで」

「いいんです。そのとおりですから」蕗子さんは笑みを浮かべて先をうながした。

「仕事が、つづかない。ごまかしが効かないんです。利益をあげるためにのまなければならないことが、どうしても受け入れられない。その下請け仕事もうまくいかなくなって、折り込み広告のお願いもその一度きりで終わりました。でも住まいは移らなかった。ずっとあの部屋におられましてね。その部屋へ、なにを血迷ったか、ある日、私が転がり込んだのです」

＊

転がり込むという表現と、父の境遇やけっして広くはないあの池の端のアパートが、頭のなかでうまくつながらない。弱い人間がより弱くない者のところへ切羽詰まったわけでもなしに逃げ込んで世話になる。そういうのを転がり込むっていうんじゃなかったかしら。転がり込む権利があるのは、むしろ父親のほうなのだ。少々申しづらいことながら、これをお話ししておかなければ先へ進めませんのでね、との前置きではじまった大旦那さんの問わず語りに、蕗子さんはそんな混乱を抱えたまま向き合うほかなかった。

「そのころ、私と、ちょっといきさつのあった女性がおりましてね。若い女性です、いまのあなたよりも、若かったでしょう。ありていに申しまして、外から見ると浮気というのにいちばん近いものです。それで、もう先に逝《い》った女房のやつと、何度目かの大げんかをした」

「はあ」蕗子さんの肺は、徐々に機能しなくなる。

「めずらしく、こんな酒蔵めちゃくちゃにしてやるっていうくらいの剣幕になりましてね、じっさい、樽《たる》をひとつ叩《たた》き壊しましたよ、どうでもいいような樽でしたが、こちらにもいろいろぶつけてくるものですから、ほうほうの体で逃げ出しました。

なにも持たずに、下駄《げた》をつっかけて。財布もなしです。ただ、さすがにその日は家に帰る気がしなかった。こんな場合は問題の女性に助けを求めるのが筋かもしれません。しかし、じつのところ、これはもう半分以上終わっている話だった。いまさらよりを戻したくない。厄介になれそうな知人もおりましたが、事情が事情だけに、あんまりよく知ったひとでも都合がわるい。なにしろ男の沽券《こけん》にかかわる。身勝手なものです、こういうときだけ沽券だなんてね」

「それで、父のところへいらしたわけですね？」

「恩を仇《あだ》で返したわけですな。ずいぶん歩きましたよ。住所と番地はうろ覚えでしたが、池のくびれのアパートと伺ってましたのでね。いきなりの訪問です。で、抜き差しならない事情があって、ひと晩だけ泊めてもらえまいか、と単刀直入にお願いしました。あのときの丸山さんの顔といったら。鳩《はと》が豆鉄砲を食ったようなとは、ああいうのを言うんでしょうなあ、目も鼻も口も、ぜんぶまるくなって」

　大旦那さんは歯を気にするふうに、左のてのひらを口に近づけてくくと笑い、お茶をひと口すすって喉《のど》を湿らせた。

「丸山さんはね、どんな事情があるのか、なにも訊《たず》ねなかった。お茶を頂戴《ちょうだい》して、気持ちが落ち着いてきたところで、やはり嘘《うそ》いつわりない話をしておこうとしたら逆に制されましてね、そんな必要はない、あなたのようなひとが助けてくれと言うのだから、できるだけのことはいたします、と。百科事典だけじゃない、いろんなところで、たぶんそうやって他人がぶつけてくる厄介ごとを受け入れてらしたんでしょう」

「じゃあ父は、最後まで理由を知らずにいたってことですね」

「いえ、後々、いつだったかぜんぜん文脈のちがう話にかこつけて、さらっと申しあげました。その晩、丸山さんは私に布団《ふとん》を譲り、ご自分は毛布にくるまって寝ると言ってきかなかった。翌朝、手作りのおいしい朝食をいただいたんですが、これは腹にしみましたな。ご飯とお味噌汁《みそしる》と目玉焼き、それから海苔《のり》とお新香」

「なんだか、旅館の朝食みたいですね」言ってから、つまらない合いの手だと気が滅入《めい》った。

「仰《おっしゃ》るとおり。男ふたり、黙ってちゃぶ台で朝ご飯を食べる。私のほうはひどい顔で。なにしろ手ぶらですし、この期《ご》に及んでお金を貸してほしいとお願いするわけにも参りませんでしょう。歩いて家に帰るほかない。といって、すぐに戻りたくもない。さあどうするか、と思案しながら食べていたわけです。丸山さんはすっかりお見通しでね、ここにいてくだすってかまわないけれど、あなたのほうがやっぱり気詰まりでしょう、居場所を知られたくないのでしたら関係のないところのほうがいい、どうなさいますか、と言われる。どうなさいますかもなにも、こちらにはどうにも手がないんですよ。そうしたら、暗くなるまでここに居てくださいと言って、ひとり出て行かれた。罪人の護送をしようというわけですな、暗がりに乗じて」

大旦那さんは、だれかにもうこの話を語ったことがあるのだろうか？　疲れているはずなのに、一度も言葉に詰まらないし、よどみがない。父とのつながりなんてどうでもよくなるくらい、蕗子さんはどきどきしながら先の展開を待った。父が十手に紐《ひも》をつけてそれを大旦那さんの手首にむすび、真っ暗な池の端をたどって牢《ろう》に連れて行く。途中、どこからか忍びの者に襲われて、などとあらぬ方向へ想像が走り出したとき、ぷるっぷる、ぷるっぷる、と内線電話が鳴って、ふたりともにほんの数ミリ腰を浮かした。

ちょっと失礼、と大旦那さんは受話器を取る。良枝さんのようだった。そうかね、いま、いらした、そりゃ、しかたがないだろう、あと十分、そこでお待ちいただいて、と大旦那さんはいったん受話器をふさぎ、誠に申し訳ないのですが、商売がらみでどうしても会わなければならない御仁がおりましてね、と言う。どうぞどうぞ、もうほんとにお暇しませんと、と遠慮しながらも、蕗子さんはその先を知りたいと思っていた。

「そんなわけで、あとは手短に。どこまで話しましたかな？」

「父が、夜まで待ってくれと……」

「そうでした。日暮れまで、私はひとり、部屋で本を読んで過ごしました。鷗外《おうがい》の本でしたな。退屈はしませんでしたよ。昼はあまりのご飯をいただいてね。こんなふうに一日をやり過ごしたのは何年ぶりかと、むしろ感慨に浸ってました。それから、夕方、丸山さんが戻っていらした。車でね」

「ライトバン、ですか？」

「そのときは乗用車です。ただし、運転してたのは、丸山さんではなかった。彼は助手席にいましてね」

「女のひと、ですか？」蕗子さんが、思い切って、訊ねる。

「女の方です」

息が詰まりそうになり、頭からさっと血が引いた。つぶれたヨーヨー心臓が緊張に耐えられなくなる。

「おやおや、女性は女性だが、あなたが想像しておられるのとはちがいますよ。以前、百科事典の在庫を預けておいた貸倉庫の持ち主さんでね。というと大げさですが、宇奈根《うなね》の奥の、農家のひとです。倉がひとつ空いていたので、一角に畳敷きのコーナーを設けて近隣の集会所にし、残りのスペースを貸していた。新聞社にいた時分、取材で来てからのつきあいだと言っておられましたが、それを丸山さんは思い出した」

水風船にまた水と空気が入りはじめる。その女性のもてなしは、じつにあたたかく、また、さりげなかった。宿を無償で提供してくれたうえに、食事まで出してくれたという。気持ちの整理がつくまで二日間、大旦那さんはそこで世話になり、計三日留守にして、先のいきさつのある女性とは、二度と疑われるようなことをしないと誓って、奥さまに詫《わ》びた。父も、帰りに近くまで車で送ってくれた農家の女性も、御礼を受け取ろうとはしなかった。その女性とはね、いまでもつきあいがあるんですよ、と大旦那さんは別れ際《ぎわ》に言った。彼女がつくっている卵と野菜と漬け物を店頭で売ることにしたからだ。世話になった二日間の簡素な食事は、あまりにもおいしかった。まさに今日、日曜の午前中は、磯村酒造の店先でそれらをならべた朝市をやっていたのである。

大旦那さんは、奥さんと仲直りしてから、この一件を、固有名は伏せておもしろおかしく仕事仲間に話した。すると、色事やらなにやらで同様の境遇に陥った連中から、ぜひそのひとを紹介してくれ、足のつく宿じゃだめだからとしつこく頼まれるようになった。遊びじゃないと最初は断っていたのだが、背後の事情がよくわかっていて緊急を要するものについては、何度か父に相談してみた。すると、これがみごとな対応ぶりなのである。いつのまにか、父は、そういう束《つか》の間《ま》の隠れ家を斡《あっ》旋《せん》してくれる人物としてまわりに認知されていった。なにしろひとを疑ったり見捨てたりできない性分なのだ。それが「めぐらし屋」のはじまりだった。

＊

午後遅い時間ではあったけれど、まだじゅうぶん日があったので、そのむかし、大旦那さんがからころ下駄履きで歩いたというひょうたん池までの道を、蕗子さんはたどってみることにした。中身の濃い話にまだ頭がしゅわしゅわしていたのだが、そんな状態だからこそ、よけい外気に触れておきたかったのかもしれない。あの和洋折衷の居心地のいい部屋で過去と現在を行き来しながら、途中、ひょっとしたら父に救われた若旦那さんにお会いできるかな、と蕗子さんは期待していた。動転していてあまり細かな記憶はないだろうけれど、父がどんなふうに振る舞ったか、大旦那さんの言葉をかつての子どもの眼で補足してもらえたら、自身の過去にさかのぼるに際しても、なにか役立つものがあるはずだ。でも、あいにくと、今日は酒造組合の寄り合いがあって夜まで戻らないとのことだった。

ときどきうしろを振り返って、煉瓦《れんが》煙突の影を確認する。行きはバスの座席からの眺めだったので、視点がかなり高かった。しかし、こうしてふつうに歩いていると、あの煙突は周囲の建物が邪魔になって、目印というにはいくらか難のあることがわかる。時間をさかのぼるための、欠かせない目印はなんだろう。いつも持ち歩いているシステム手帖《てちょう》の見開き一週間分、磯村酒造の名入りの日めくり一日分、会社の机に載っている卓上カレンダー一カ月分に流れている時間の速さも質も、すべてちがっている。自分以外のだれかがこの三種類を併用したとすれば、またべつのものになるだろう。父が重ねてきた時間と大旦那さんのそれとでは相違があるはずなのに、何年何カ月、というくくり方をしたとたん、細部がすべて消え去って均一なものになる。数量化できないものが、数量化されてしまうのだ。

定期的に倉庫を見てまわって、蕗子さんがいまだにつまずいているのは、伝票に記載された荷の総重量や体積の数字と、実際に積みあげられている、色も、柄も、素材もちがう箱ぜんたいが押しつけてくる量感とのずれだった。もちろんこの嵩《かさ》なら何トンくらいと、おおよその数字を言い当てられるようになってはいたけれど、身長と体重だけでそのひとの中身を想像できないように、数字といくらにらめっこをしても、目のまえにある物たちの圧倒的な存在感は説明できない。半日、一日、三日間、一週間、一カ月。仕事の場で用いる時間は三語以内の漢字で表現できる。でも、そういう数字がどんなにせせこましい、またどんなにおおらかな部位の集積からなっているかをときどき顧みておかないと、心臓ではなくこころが鬱血《うっけつ》してしまうような気がするのだった。三十年。時間がそんな短い言葉で片づくはずはない。

にもかかわらず、日々の暮らしのなかでは、そうやってつごうよく数量化して物ごとを片づけていく勇気が必要なことも、蕗子さんにはわかっていた。

足が急に軽やかになったと思ったら、ゆるい下り坂にさしかかっている。ハイヒールを履いていると、わずかな勾配《こうばい》でもつんのめるような気がするものだ。つまり、軽やかになったのではなく、勢いがついて勝手に膝《ひざ》が動いているだけのことなのだった。

晴れた日でも、考えごとをしながら歩くのがいちばんあぶないんだよ。雨の日の歩き方についての意見を褒めてくれた担任の牟田先生は、廊下や校庭でしょっちゅう転んでいる蕗子さんをあるとき呼び止めてそう諭してくれた。蕗子ちゃんは傘を差してない日のほうが心配だな、ちゃんとまえを向いているのに、頭のなかは全然べつのこと考えてるでしょう？　うしろを見て友だちにさよならを言ったりするときは大丈夫なのに、まえを向くとすぐぼんやりするんだなあ、おもしろいねえ。

まったく、と蕗子さんは悲しくなる。さっき煉瓦煙突の姿を確認しようと首をまわしていたときは、さしてひと通りがあるわけでもないのに、足もとにだって注意を払っていた。それが、ふつうに歩き出すと、いつのまにか放心状態になっている。

うっすらと汗をかいて、喉が渇く。呼吸を整えるため、坂道の途中にあったスーパーに立ち寄って、あんなに良い水が出る土地で馬鹿《ばか》らしいことだとわかっていながら、ミネラルウォーターを買った。そして、お金を払ったあと、特売でならんでいたコーヒーのドリッパーとポットのセットを手に取り、それに中挽《ちゅうび》きの粉とフィルターも加えて、さらにもう一本ミネラルウォーターを籠《かご》に入れた。父には申し訳ないけれど、インスタントではないコーヒーが飲みたくなったからだ。近辺にゆっくり休める喫茶店はなさそうだった。

店を出た蕗子さんのまえを、バスが勢いよく走り抜けていく。あれに乗ればよかったかな。ほんの一瞬、歩きにしたことを悔いた。やはり徒歩ではきびしい距離で、ひょうたん池のくびれにある父のアパートが見えたころには、疲れてふくらはぎが痛んだ。畳の部屋で、はやくごろんと横になりたい。そうつぶやいて、ちょっと複雑な気持ちになる。不動産屋さんは、お亡《な》くなりになった方がずっと借りているっていうのも変ですが、事情が事情ですし、お家賃だけ払っていただければ、落ち着いてからの解約手続きで結構ですよ、と言ってくれていた。なるべくはやく整理するつもりでいたところ、仕事が忙しくなったばかりか、あのノートの一件でなんだか中途半端《はんぱ》になり、しかもいま、自分の部屋でもないのにそこで横になりたいなんて思っている。

まだしぶとく残る陽光が、低い角度でひょうたん池の表面をなでるように黄色い帯を伸ばしていた。階段下の郵便受けにはガスの検針票がくるんとまるまっているだけで、チラシもなにも入っていない。ドアを開けると、むんとした熱気が吹き出てくる。蕗子さんはすぐに窓を開けて空気を入れ換え、ミネラルウォーターで喉《のど》を潤《うるお》して、願いどおりごろりと横になった。池の照り返しが天井にまだら模様をつくり、それがゆらゆら揺れている。ついでに頭もゆらゆらして意識が遠のきそうになるのを、窓を開けたままこんな恰好《かっこう》で眠ったりしたら大変だ、いちおう女なんだしと瀬戸際でこらえ、伸びをしたり深呼吸をしたりして水風船の心臓を元気づけようとした、そのときだった。このまえここへ来たときの夢を見ているみたいに、また電話が鳴ったのである。

あわてて起きあがり、そんな必要はないのに本棚のうえの鏡で襟《えり》もとを直して、髪のほつれを整えてから受話器を取る。声を出そうとした瞬間、さっと血の気が引いて、立ちくらみがした。

「もしもし」女のひとの声だ。

ふぅ、ふぅ、ふぅ、ふーぅ、と大きく息をする。

「もしもし」

ふぅ、ふぅ、ふーぅ。そのままそっと腰を下ろし、大丈夫そうだとわかってから、蕗子さんは、もしもし、と応じて、ペットボトルとショルダーバッグを引き寄せながらさらに息を整えた。

「いつぞやお電話いたしました、梅沢と申しますが」

「はい？」

「もうずいぶんまえのことなんですけれど、すぐには見つからないだろうから、ちょっと時間が欲しいというお話で、こちらのまちがいでなければ、連絡待ちになっていたんではないでしょうか？　その折は、急ぎではなかったんです。ところが母も待ちきれなくなって参りまして、この何日かずっと電話していたんですが、なかなか通じないもので、お休みの日に失礼致しました。いかがでしょう、やはりむずかしいでしょうか？」

「あの、じつは……」蕗子さんは事情を説明しようとした。

「じゃあ、まだなんですね？」

「いえ、そうではなくて……」

「ご無理なようでしたら、あきらめます。しかたのないことですものね。ホテルみたいに空きがあればすぐにってわけにもいきませんでしょうし。ただ、母は、どうしても若いころのことが忘れられなくて、なんとかならないものかと」

「誠に申し訳ありませんが、わたしは……」

「駄目ですよね。夢でも見て思い出したんでしょうか、ほかはぜんぶ忘れているのに、それだけ最後まで消えずに残ってるんですよ。色気のない献花といっしょに死ぬなんてごめんこうむりたいと騒ぎだしましてね。どうせなら、一度、息が詰まるくらいきれいな花の横で、存分に寝かせてもらいたいって」

＊

そのあと、どんなに口をはさもうとしても、相手は途切れることなくしゃべりつづけた。蕗子さんはしばらく我慢して完全な聞き役に徹することにしたのだが、話していうち向こうも落ち着いてくるだろうとの期待はみごとに裏切られて、梅沢と名乗るその女のひとは、たまっていたものをいっぺんに吐き出すかのように、訊《たず》ねてもいない細部の説明に入り込み、そこから抜け出してくれなかった。

大旦那《おおだんな》さんのゆったりした語りのあとだったからだろう、その早口は、いっそう早く感じられた。「めぐらし屋」には、ひとの愚痴を聞いてあげる電話相談室みたいな活動もふくまれていたのだろうか？　それはおおいにあり得る、と蕗子さんは思った。ノートには、ひとの名前は出てきても、住所や電話番号などの情報はいっさい記されておらず、大旦那さんが感嘆していた父の行動は、完全な受け身のうえに成り立っているように見えたからだ。亡くなる前月の電話料金の請求書をみても、自分のほうからあちこちかけているのでないことは明らかで、蕗子さんは最初、晩年の父には友だちがいなかったのかなと、それまでの距離の取り方を悔いたほどだった。

「意地の悪いひとじゃあないんです、あたしにとっては。とってもいい母親で、苦労もかけたし、なんとか願いをかなえてやりたいって思うんですよ、でも、そればっかりお経みたいに繰り返されると、だんだん腹が立ってきて」

「はあ」

このあとどう話をさえぎるか、蕗子さんはその方策を見つけられずに生返事をする。

「とにかく不機嫌になって、なにかにつけてくってかかるんです。車椅子《くるまいす》だから、散歩するにしてもあたしが連れてくんですけれど、このところほら、晴れたり降ったりの天気でしょう？　薄手のカーディガンくらいはって、袖《そで》を通せるよう後ろからかけてあげようとすると、空振りして怒るんです」

「はあ……」

「腕を持って助けてあげようとすれば、自分でできるって言うんです。じゃあどうぞ、がんばってくださいませって励ますと、そんな励まし方があるかい、そりゃあ嫌みってもんだ、あたしみたいな身体《からだ》で後ろ手に袖を通すなんて、そう簡単にできるはずがないだろ？　見えるものに手を出すならまだしも、見えないものを探ろうとしてうまくいかないのは、あたりまえじゃないか、おまえが後ろから着せてくれるんだったら、のばした腕の先にちゃんと袖が入るよう調整してくれなきゃ意味がない、なんて」

どうしてこんな話を聞かされなくてはならないのか、と困惑しつつ、でも、そのまだ見ぬ梅沢女史のご母堂の理屈のこね方が、なんとなく自分の母親の口ぶりを思い出させて、蕗子さんは音にならない音でくすりと鼻をうごかした。貧血のようなめまいは、もうすっかり消えている。

「ほんとに、よくも言ってくれるものですよね。こう見えてもあたしは袖を通させることにかけちゃ、プロですから」

え？　と思わず声が漏れる。こう見えてと言われても見えるはずのないその早口の娘の顔かたちを、蕗子さんは想像してみる。もしかしたら同い年くらいかもしれない。とにかく先を聞いているうち、姿のない梅沢さんは、デパートの紳士服売り場で働いていることがわかってきた。

「これまで何人のお客さんを相手にしてきたと思います？　ふつうはどっちか手の先が服に触ったら、ああこのあたりに穴があるって、感覚でわかるでしょう？　どんなにもこもこしてても、ひらひらしてても、後ろから、はいどうぞ、って差し出せば、腕は入るべきところに入るんです、短くても長くても」

わたしも袖を通すのが苦手です、と蕗子さんはもう少しで言いそうになる。だから片方ずつ、ちゃんと確認してから通すようにしているのだ。ところが、たまにすんなりいくと裏返しだったりするし、お店で試着するときは緊張してあらぬ方向へ腕をのばし、鏡のまえでぱたぱた羽ばたいてしまう。

「それなのに母は、年をとると身体が固くなってくるんだから、もっと丁寧に扱えだの、男と女では腕のつきかたがちがう、おまえがどんなに男物の服に慣れてるって言ったって、あたしは女ですからね、なんて口答えするんです」

聞きながら、父のノートを開く。めぐらし屋、黄色い傘、切り抜き、諸々《もろもろ》の箇条書き。梅沢という名は、もちろんどこにも出ていない。大旦那さんは、父の黒衣《くろご》みたいな活動を、はっきり「仕事」だとは言わなかった。報酬のあるなしとは関係のない、それは意識の問題だというふくみなのだろう。

じっさい、仕事のつもりでやっていたのなら、たった一度のつきあいであれ、顧客の記録くらいは残していたはずだろうし、継続中の案件についてメモくらいあってもよさそうなものだ。しかし、何回かに分けて整理した父の遺品の紙類に、それとわかるしるしはなかった。記憶力に自信のない自分にはまったく解《げ》せないことだったけれど、父は全部頭に入れていたか、そうでなければ、いつ捨ててもいいような紙切れに書いて、用事が済むと処分していったのではないか。

ともあれ、蕗子さんは、その一方的な打ち明け話を聞きながら、なんだかおかしい、と心のなかで笑った。お母さんの難癖は、まだまだぼけていない証拠でもある。それに、突飛なようでいて、おたがいにきちんと言葉で意思の疎通《そつう》をしているわけだから、うらやましくも感じられたのだ。二十代で母を亡くした自分には、したくてもできない会話である。そして、そのまくしたてるような口調に、娘としての愛情といらだちと甘えがまじっていることも否定できなかった。

で、いかがでしょう、とあらためて相手が休止を入れるまでのあいだ、どこかでこういう気持ちを味わったことがあるのにとむずむずしていたのだが、きれいな花の横でぞんぶんに寝かせてほしいというマジックショーみたいな願いごとを繰り返されて、そうか、と蕗子さんはひらめいた。これはレーミンの家で聞かされてた会話とおなじ雰囲気だ。同性ゆえの理解と無理解、肉親ゆえの全面的な肯定と全面的な否定。母と娘の関係は、きびしい親と子のそれを基本としながらも、姉妹になったり友だち同士になったり、また敵同士になったりする。それが順番に訪れる場合といっぺんに訪れる場合と、家庭によってさまざまだろうけれど、レーミンとその母親は、危機が定期的にやってくるのではなく、一日のうちにぜんぶ出てくるような、にぎやかでせわしない寄り添い方をしていて、だからいっしょにいるときはたえずしゃべっていたし、きつい言い合いが一分後には大笑いに変わったりした。いま電話で聞かされている梅沢さんの口調は、レーミンが帰省するたびに母親とたたかわせている言葉のやりとりに、とてもよく似ていた。

そして、頭のなかでようやく、この奇妙な電話の依頼内容と佐藤花卉《かき》店が結びついたのである。梅沢さんの自宅が蕗子さんの勤め先に近ければ、可能性がなくはない。

「お母さまは、たくさんの、いい香りのする花の横で眠ることができれば、それで満足なんですね？　花のもとにてでも、花に埋もれてでもなくって、その近くで」

「ええ、それはもう、花のもとにてなんて風流はこれっぽっちも理解できないひとですから、とにかく花がいっぱいあればいいんです。子どものとき、早くに病気で亡くなった姉と約束したんだそうです。あんたはおばあさんまで生きて、幸せになってちょうだい。そうして、もう生きられなくなって姉さんのところに来るとき、花の香りをいっぱい運んできてちょうだいって。形だけでもそういう雰囲気を味わうことができれば、もうぶつぶつ言わないと思うんです」

「わかりました」

蕗子さんは、反射的にそう答えていた。そして、しばらく黙ってシステム手帖《てちょう》を繰り、来週の今日、この時間に、もう一度連絡してくださいと、きっぱりした口調で言った。仕事用の携帯電話の番号を教えてもよかったのだが、父が生前に受けていたという話のつづきは、やっぱりこの部屋でするべきだと、とっさにそう考えたのだ。そうですか、ほんとに、ありがとうございます、恩に着ます、とひっくり返るような声で喜ぶ梅沢さんに、最後にひとつ、忘れていた大切な質問をしてみた。

「もうお話しいただいたはずですけれど、念のため、どちらさまのご紹介か、教えていただけますか？」

「友人に聞いたんです。名和《なわ》さん、名和充子《みつこ》さんという方です」

話を終えたあと、なんともいえない疲労感に襲われて、せっかく買ってきたコーヒーを淹《い》れる余力もなく、蕗子さんはまた畳にごろんと仰向《あおむ》けに寝転がった。さっき電話でどういう漢字を当てるのかを教えてもらって手帖にメモした、なわみつこ、という音が、かすかに耳もとで響く。偶然受け取った電話が、これで二本。したがって紹介者も二名。ひとりは大旦那さんだとわかっているけれど、その女性は父とどういう関係にあったのだろう。父の知り合いなのか、それとも頼みごとをしてきただけのひとなのか。そんなことを思っているうちほんとうに眠気が襲ってきたので、ふらふらと立ちあがって戸締まりをすると、毛布もなにもかけず、座布団《ざぶとん》を枕《まくら》にして目を閉じた。

＊

だれかが外階段をのぼっていく足音で、はっと目を覚ます。二時間近くが経《た》っていた。ひょうたん池をめぐって駅に行くバスの最終までには、まだしばらく時間がある。外はもう真っ暗だ。ミネラルウォーターでお湯を沸かし、そのあいだにスーパーで買ってきたものを一式きれいに洗って、二杯分の挽《ひ》き豆をドリップした。半日ずっとしゃべっていたせいか、それとも寝冷えをしたのか、喉《のど》が少し痛い。ゆっくり蒸らしながら淹《い》れたはずのコーヒーは、なぜかえぐみがあっておいしくなかった。

花の香りをなんとかの土産に。はじめは突飛というか、お年寄りのわがままというか、ずいぶん勝手な願いごとだなと呆《あき》れ気味だったのだが、写真を見なければ顔だって鮮明には思い出せないくらいむかしに亡《な》くなったお姉さんの言葉がおおもとにあると知って、そういう話なら力になってもいいかなと、ひとのいい蕗子さんは情を移してしまったのである。

しかし冷静になってみると、まことに浅はかな判断だというしかなかった。レーミンの店を利用するにしてもこちらの一存で決められるものではないし、かりに許可が出たとしてもあれこれの条件は課されるだろう。じつは、レーミンの母親とはこのところまともに顔を合わせていない。病院でのどたばたからその後の展開があまりにあわただしく、ぜんぶ流れに任せて葬儀の準備が整ってからようやく父の死を知らせるという順序になったことが気に入らないらしく、親戚《しんせき》どころか親も同然なのに、なぜ最初から頼りにしてくれなかったのかと腹を立てて、ちょっと近寄りにくくなっていたからである。

父が倒れたのはアパートの目のまえで、発見者は近くの宅配便業者だった。救急車を呼ぶと同時におなじアパートの住人から大家に連絡をとってもらい、大家があわてて不動産屋さんに事情を話し、契約書にあった緊急連絡先に電話をかけた。父が、そんなところに名字のちがう娘の住所と電話番号を記していたことに蕗子さんはあとになってから驚き、またしみじみしたものである。母を送ったときの雑務の記憶も薄れてしまっていたので、あとは病院で教えられたとおりに行動しただけだ。それでもまあ、レーミンをあいだに入れれば、話くらいはできるだろう。なんだかんだ言って彼女は、大事なときに、いろんなお荷物をしょってではあれ戻ってきてくれる救世主なのだ。

翌朝、やっぱりヨーヨーなみの心臓が機能しなくて、目の下にできた隈《くま》を隠すため、いつもより丁寧に化粧の下地を塗ったのだが、どうもうまくいかなかった。せめて口だけは元気にと挨拶《あいさつ》をしてデスクに座ると、遠目にもその隈はわかるらしく、というより遠くからのほうがより目立つらしく、山城さんが顔を見るなり、蕗子さん、どうしたのよその隈、精つけなきゃだめだよ、夜あいてたら焼き肉食べに行こうよ、牛しかないよ、と提案した。それもいいかな、と蕗子さんがすんなり応じたので、暇ですという重田君も誘って、仕事のあとひさしぶりに焼き肉屋に出かけた。

「昨日、下の息子つれて、講習会に行ってきたんだよ」おしぼりで顔を拭《ふ》きながら、山城さんはもごもごと言った。「ま、宿題のネタ探しなんだけどね、お題が魚の流通っていって、魚の話ばっかり。有名な板さんが来て、寿司《すし》なんかも握らせてもらったからさ、もう魚はいいってわけ。肉が食いたい」

「わたしを元気づけようってわけじゃなかったんですね」笑いながら、蕗子さんが文句を言う。

「いや、それは本心だって」

「ぼくも、むかし、そういう催しに行きました」と重田君がメニューを見つめながら反応する。『なんでも描いてみよう』とかっていう市のイベントがあって、どこかの美大の先生が来て話してくれたんですけど、その先生が、自分のかかわっている絵画教室で十何人だかのちいさな子どもに魚の絵を描かせたら、全員、頭を左に描いたんだそうです。外国ではどうなのか調査してないらしいんですが、日本ではまずそうなるんですって。この図と同じで」

重田君が差した指先には、牛肉の部位の図解が記されていた。なるほど、頭は左に向いている。そういえば、自分がみんなといかにずれているかを痛感させられたことのひとつに、魚の絵があったなあ、と蕗子さんはまた少女時代の情けない思い出をよみがえらせた。図画で魚の絵を描いたとき、彼女だけが、頭を右側に描いたのである。べつに誤りではないし、それで先生に叱《しか》られたわけではないけれど、画用紙に大きく一匹だけ描いたその魚の頭が右を向いて泳いでいたのは、なんと蕗子さんの絵だけだった。

視力検査で「見えません」と言ったときも、運動会の行進で最初の一歩を踏み出す足が違っていたときもびっくりしたけれど、四十枚近くの絵が教室の壁にずらりと貼《は》られて、そのうちの一枚だけが右を向いているという状況に、言葉にならない疎外感を味わった。当時、商店街のペットショップの熱帯魚を眺めていて、その模様が左右の腹でわずかに異なり、蛍光灯の光で色合いがずいぶん変わってくることに気づいた蕗子さんは、とくに好きだった小振りな品種をじっと観察しているうち、頭が右を向いた場合の、つまり右の腹の色がもっとも美しいと思うようになっていた。だから、魚というといつも右を頭にして想像する癖がついたのである。

といって、これはずっとあとから理屈を考えて説明できるようにしただけのことで、絵を描いているときは、それがあたりまえだと思っていた。ひとの顔も、魚も、そして黄色い傘も、蕗子さんの手に掛かると、なにもかも平々凡々としているのに、一点だけとらえ方がまわりとずれているため、ぜんたいとして座りの悪いことになってしまう。そんな些細《ささい》な思い出を、隈のある目をしょぼしょぼさせながらしゃべってみると、ぼくもそうです、と重田君が嬉《うれ》しそうな顔をした。

「このとおり、牛の向きだって決まってますよね。頭がいつも左にくる。子どものころ、反対側にじつはちがう肉がついてるんじゃないかって疑ってたんです。右のおなかの肉のほうがおいしいから、お客に隠してるんじゃないかって」

「馬鹿《ばか》なことを考えるもんだなあ」と山城さんが呆れたように言った。

「牛だけじゃないんですよ、動物の絵を描くときってたいてい横向きでしょう。頭の向きが変わるくらいならいいですけど、一度、絵の宿題で、ゾウとキリンとライオンをみんな真正面から、証明写真みたいに描いたことがあったんです」

「そりゃあ描きにくいだろうな。みんな両脚そろえて、おとなしく座ってるわけなの？」と山城さん。

「ええ、みんな正面向いて座ってるんです、おとなしく。だから尻尾《しっぽ》が見えないんですよ」

「それは残念ねえ」と蕗子さんが言った。「なにが愛らしいって、ゾウの尻尾ほど愛らしいものはないのに。動物園に行くと、あんまり動かないで尻尾だけぴっぴって振ってるようなのばかり眺めるんだけどな。それで、先生になにか言われたの？」

「言われましたよ。重田、キリンに猫みたいな髭《ひげ》はないぞって」

「キリンに髭をつけたの？」蕗子さんが一段低い声で反応する。

「でも、正面向かせたことは褒められましたよ。よく描けてる、おまえ、どんな手本を見たんだって」

「それは褒められたんじゃなくて、なにかの真似《まね》したんだろうって、嫌みを言われたんだよ」山城さんはまた重田君を茶化そうとする。

「お手本はありましたよ。家にあった百科事典に、そういう絵が載ってたんです。なんだかわからないけど、ぼくはその頁《ページ》が大好きで」

＊

思わぬ場所で、思わぬ方向から「百科事典」といういまや聞き捨てならない言葉が降ってきて、蕗子さんは一瞬、顔をゆがめた。薄く開いた口もとと鼻孔から、天井の強力なダクトにうまく吸われなかったらしい隣のテーブルの、おいしそうな煙が入ってくる。そこへ、紺色のバンダナをぴっちり巻き付けたシマウマそっくりの女の子が、伝票片手に注文を取りにやってきた。

「まずはカルビ、カルビをちょうだい、それからロースと、野菜と、キムチも。あと、生ビールね」

山城さんはこちらの希望もきかずにどんどん頼んでいく。

「ぼくはビール、結構です」と重田君が付け足した。

「結構って、どちらの意味よ?」

「遠慮しておきます。どうも体調がよくなくて」

重田君はどこも悪くないような顔で平然と応《こた》えた。

「なんだ、そうか。それなら無理してついてこなくてもよかったのに。また、低気圧なの?」

山城さんは、本気で心配しはじめる。

「天気は、下り坂のようですね」と重田君は言った。

するど突然、それまで小首を傾《かし》げておとなしく注文のつづきを待っていたシマウマ娘さんが、七〇パーセントです、と店内の喧噪《けんそう》に負けない大きさの、でも妙にゆったりした話し方で宣言したものだから、一同面食らって彼女のほうを見あげた。

「降水確率です。今晩、十時くらいから雨になるそうです」

ほう、さすがだなあ、と山城さんは感心しながら重田君を見て、ご注文は以上ですか、それでは繰り返させていただきます、と草をはむときのあごの動きで祝詞《のりと》を読みあげるみたいに伝票を復誦《ふくしょう》するシマウマ娘さんの声を神妙な顔で拝聴し、彼女が厨房《ちゅうぼう》へもどるのを見届けると、うーん、予報がぴたり、まさに歩く百葉箱だなあ、とわけのわからないことを言う。百葉箱なんて言葉をひさしぶりに聞いた蕗子さんはついなつかしくなって、いまでも学校に、あの白い鎧戸《よろいど》がついた鳩小屋《はとごや》みたいな百葉箱ってあるんだろうか、とぼんやりしてしまう。そこからまた会話に引き戻してくれたのが、あ、これもだ、センマイも頼もう、という山城さんの声だった。重田君がさっき見せてくれた牛肉の部位の図の横には臓物の解説もあって、山城さんの指はそれを差している。

「肉屋をやってた幼なじみがいてね。親父《おやじ》に頼まれて、よくそいつの店へセンマイを買いに行ったんだ」

「センマイってなんですか？」と重田君がたずねる。

「牛のモツ。四つあるうちの三つ目の胃袋だよ。ほら、襞《ひだ》がたくさんあってさ、千枚も重なって見えるから千枚」

「じゃあミルフィーユですね。蕗子さん、ケーキのミルフィーユって、千枚の葉っぱでしょう？」

「だったかな」急に振られて、蕗子さんは第二外国語で選択したフランス語の授業を思い出しながら、あいまいに応える。

「たしかそうですよ、薄い葉っぱみたいなパイ生地が、たくさん重なってるっていう意味で」

「まあ、横文字はわかんないけど、ひだひだのある牛の胃袋を百葉っていうんだ。百も千もおなじことでね。で、肉屋のせがれによると、百葉箱の百葉は、日よけだか通風だかの羽根のところがその牛のモツに似てるからついたんだそうだ。まあちょっと眉唾《まゆつば》だろうけどな」

「気象観測の装置と牛のモツに関係があるなんて、奥が深いですね」と重田君がつぶやく。「でも、葉っぱを積み重ねたみたいに見えるから百葉だって思いたいなあ。そのほうがきれいだし。ただ、山城さん、さっき歩く百葉箱って言ったでしょう。動いたら百葉箱にはならないんですよ。地面にしっかり足をつけないとだめなんです。定点観測ですから。計測器はだいたい地表から一メートル五十センチくらいのところに取り付けるって決まってます。ぼくが百葉箱だったら背が高すぎる。蕗子さんくらいがちょうどいいんです」

「はい？」部位の図解の隣の、センマイの写真を見てなんだか気分が悪くなっていた蕗子さんは、なにを振られたのか一瞬わからず、また素《す》っ頓狂《とんきょう》な声を出す。

「蕗子さんて、一五〇センチくらいでしょ、背は」

「失礼ね、一五四センチです。このあいだの健康診断で計ったら、去年より五ミリ成長してました」

「そいつはめでたい。肉が来たのもめでたい」

山城さんが少し腰を浮かすようにしてほほえんだ。シマウマ娘さんがそのしゃべり方と変わらぬ落ち着いた足の運びで第一陣の飲み物とカルビと野菜を持ってくる。センマイも追加ね、と歌うように言う山城さんの声で目の前にサバンナがひろがって、細かい砂まじりの熱風が舞い、千枚の葉を揺らしたその風が水飲み場に集まってくる動物たちの耳もとを過ぎていく。運ばれてきた肉は、どこかしら野蛮なものに映った。でも、いいか。貧血とヨーヨー心臓を鍛えるには、とにかく睡眠と栄養。そう言い聞かせて蕗子さんはグリルに手を伸ばし、肉に埋もれたタマネギとピーマンの位置を修正した。

「ああ、ビールの季節だな。宗方さんとこの倉庫の、あの花壇にあった秘密の枝豆も早く食べたい」

山城さんは秘密をばらしたうえに、お通しの枝豆を勝手に抱え込んでおいしそうにビールを飲み、それにしても重田は妙なことばかり知ってるよ、ほんとに変わりものだなあと言いながら、空いたスペースに肉を放り投げた。

「そうでもないですよ」重田君がおだやかに反論した。「むかし理科の授業で、班をつくって校庭にあった百葉箱の観測日誌をつけたんです。おかげで身体《からだ》の変調と気圧の関係がしっかり頭に入りました。気圧計見なくてもだいたいの数値を言い当てられるようになったのは、そのあとですね。それで、観測日誌にデータだけじゃさみしいからって、絵の宿題で練習済みだったさっきの動物たちを添えたんです」

「どうして百葉箱と動物が組み合わさるの？」

重田君の話は、いつもどこかがねじれていて、蕗子さんの頭は混線してくる。

「百葉箱を百科事典で引いて、絵と図解を参考にしようとしたら……」

重田君はカルビを口に入れて、よく噛《か》んだあと幸せそうに飲み込んだ。真正面に座っている蕗子さんの目に、頭ふたつくらい背の高い重田君の喉《のど》もとの、出っ張りの動きが見える。

「まえの頁に百獣の王がいたわけです。ひゃくじゅうのおう、ひゃくにちそう、ひゃくにんいっしゅ、ひゃくようばこ……」

「ずいぶん飛躍のある事典だなあ、そいつは」

山城さんは物事を案外まっすぐ受け止めるひとなのだ。百科事典の項目のならびを全部覚えているなんて、ありえないことなのに。サバンナの風がまた吹いて、シマウマ娘さんが大きなトレーで肉を運んでくる。センマイというひらひらした海辺の生きものみたいな肉に、山城さんは、おふたりもどうぞと言いながらまず自分で箸《はし》をつけた。蕗子さんは、見た目がどうしてもだめで遠慮することにしたのだが、重田君は動じることなくつまんで、山城さんのあとにつづいた。

「その百獣の王の絵は、正面向いてたの？」蕗子さんが言う。

「ええ。尻尾は横についていて、先だけ見えました。それがきっかけで、いろんな動物の絵を見て描いたんです」

「子ども向けの百科事典だった？」

「いいえ。ふつうの、大人の、百科事典でしたよ。友だちの家にあったのとはぜんぜんちがって、白黒の銅版画が使われてましたし、なにより妙なのは、ワシもワニもワラビーも載ってなかったことですかね」

「ワラビーはともかく、ワシもワニもいないなんて、そんないい加減な話はないだろう」山城さんの顔はもう、キムチとおなじ赤になっている。

「ほんとですよ。だって、調べたくても、『わ』の入った巻がなかったんですから。もともと足りなかったんだと親父は笑ってました。すごく安かったらしいです。訪問販売で買ったって」

「訪問販売？」蕗子さんの心臓が大きく反応する。「それ、もしかして、『コンプリート百科全書』っていうんじゃない？」

「そう、ですけど。どうして知ってるんですか？」

今度は重田君が目をまるくして応えた。

＊

「雉間《きじま》書店、でしょ？」

「もうずいぶん、ん触ってないから、正確なところはわからないんで、すけれど」

タマネギが予想以上に熱かったらしく、重田君は口の中をほふほふさせて言葉を妙なところで切りながら応えた。

「たぶんそうだったと思います。雉っていう字は、入ってました。読めなくて親父に訊《き》いた覚えがありますからね。そうしたら、親父も読めなかった」

「出版社の読み方も知らずに百科事典なんて買っちゃったのか。この子にしてこの親ありだ」

山城さんがますます赤らんだ顔をくしゃくしゃにして言う。本人の弁によれば、酒を飲んでとても気分がよくなってくると、頬のあたりの筋肉が好き勝手に動き出し、笑っているつもりなのにじつは泣いていたり、泣いているつもりなのに笑っていたり、どういうことになっているのか、外から指摘されないと自分でもなにをしているのだかわからなくなるのだそうだ。いま、山城さんは半べそをかいたような顔で笑っているのだが、それが不随意となった頬の暴走なのか、脳の命令どおりなのか、蕗子さんにも判断がつかなかった。

「そもそも親父は読んだり調べたりするために百科事典を買ったんじゃないんですよ。ぼくが生まれるずっとまえから、親父はオーディオ装置を一式そろえて音楽に夢中になってたらしいんです。姉がピアノを習うようになってからはレコードの買い方にも拍車がかかって、装置も少しずつ買い換えていったんですよ。スピーカーが二系統あって、ひと組は寝室の壁に掛けてありました。もうひと組が居間の、近所の大工さんに作ってもらったサイドボードに置いてあった。そうしたら、音が気にくわないって言い出して、その上にまた棚をこしらえたんです。だから二段構えの、ユニット家具みたいでした」

「ああ、見たことあるよ、そういうの」と思わぬところで山城さんが口を挟んだ。

「だいぶまえだけどね、部長の家で」

「豊原さんの？」蕗子さんと重田君の声がかさなった。

「ほら、大牧のさ、中規模の倉庫を、何年か電気屋に貸してたことあったでしょ。あそこは家電扱うまえはオーディオ屋さんだったんだよ、それで在庫処分品を買わされてね、おまけに海外から取り寄せたっていうラックつき。部長に全然似合わないんだけどさ、その棚にスピーカーが横向きに入ってた。百科事典は、あったかなあ。とにかく本はいっぱいあったね」

豊原部長は会社ではとても人当たりがいいし、信頼されてもいるのだけれど、自宅にあまりひとを呼ばないことで知られていた。この地域の同業者の集まりに出ると、上司が部下と家族ぐるみのつきあいをしていることが多く、それが仕事のうえでの結束感を生んでいるという。部長はその意味では異端だったのだが、仕事を離れた社交の苦手な蕗子さんは、それでなにか不都合があるわけでもないと、むしろ当然のように思っていた。だから山城さんが部長の家に行ったと聞いて、意外の念に打たれたのである。

「問題は、百科事典の中身じゃないんですよ」と重田君はつづけた。

「スピーカーの左右を隙間《すきま》なく本で埋めると音がよくなる、それも、重くてどっしりした百科事典がいちばん効果的だって、業者に吹き込まれたみたいで。だから、もの心ついたときから居間の壁には、音響効果をねらった、要するに飾りの百科事典がならんでたわけです。ぼくが大きくなって利用するようになるまで、家族のだれひとり、まともに開いたことがなかったらしいですからね」

ふうん、と蕗子さんは箸を休めたまま重田君の言葉が終わるのを待ち、ひとつ深呼吸をして、父親がかつて『コンプリート百科全書』なるものを車で売り歩いていたことがあるという話を、めぐらし屋の件にまでは踏み込まずに、前後の事情を適度にぼかしながら説明した。

「じゃあ、うちの親父にそれを売ったのは蕗子さんのお父さんだった、ってことですか？」

「父がそれを引き取る前にも訪問販売はしていたはずだし、担当者も何人かいたでしょうけれど、最後はひとりだったみたいだから、可能性は大いにあると思う」

「そうと知っていれば、いろいろ聞いておけばよかったですね。でも、ぼくが自由に事典をいじれるようになったのは、親父が死んじゃったあとだから。母親だって触らせてもらえなかったそうですよ」

蕗子さんは、一瞬、黙り込んだ。重田君の父親がはやくに亡《な》くなっていることを、わたしは聞かされていただろうか？　聞かされていたかもしれない。いや、聞いた覚えがある。それなのに自分のことばかり考えていて忘れていたのだ。百科事典の話を聞かせてもらえるかもしれないなどと考えたことが、とても恥ずかしかった。

「でもまあ、もしそうだったとしたら、奇遇というか奇縁というか、あんたたち、なんかあるよ、これは。色のついた糸みたいのがさ。だってその百科事典がなかったら、重田の百葉箱の知識も、正面向いた動物の絵もなかったわけだし。いや、めでたい。食いものが来たのも、めでたい」

山城さんがうれしそうに見あげた目の先に、いったいいつ追加したのか、石焼きのビビンバを持ったシマウマ娘さんが立っていた。ご注文は以上でしょうか、と彼女はふたたび例の台詞《せりふ》を繰り返し、それからまじめな顔で、さきほどは十時くらいと申しましたが、じつは、まだ九時半なのに雨が降りはじめました、ビニール傘ならお貸しできますのでどうぞご利用くださいませ、と言う。

サバンナに雨が降る。年に一度あるかないかの雨が乾いた土に染《し》みこんで、見えない生きものたちの喉を潤《うるお》す。そしてわたしの乾燥肌も潤す、となればよかったのに、蕗子さんは肌も腰も冷房にやられてすっかりおかしくなっていた。火を使っている店で冷房の設定温度をあげてくださいとは頼めない。いったん冷えてしまうとなかなか元に戻らないので、あわててシマウマ娘さんを呼び、もぞもぞしながらあたたかいウーロン茶を頼んだ。

「もしかして、冷えたんじゃないですか？」

その様子を見て、重田君が言う。会社で冷房に当たっているときも、似たような状態になるのだ。

「そうみたい」

両腕で身体を抱きかかえるようにして、蕗子さんは応《こた》えた。

「ぼくと席を替わりましょう。山城さんの隣がいやじゃなければですけど」

「それはないよ」と山城さんが言う。「じゃあ年寄りはひとりで座るとしますか」

蕗子さんが反応できずにいるうち、山城さんはビビンバの器を手に持ったまま、おぼつかない足でいそいそ立ちあがり、テーブルをまわろうとしたのだが、その器は置いたままでも移動できると思います、という重田君の指摘を素直に受け入れた。下腹部の鈍痛と寒気でまた血のめぐりが悪くなってくらくらしながらも、蕗子さんはふたりのやりとりに思わず笑い、またその気づかいに甘えることにした。席を移った山城さんは、おお、たしかにここは冷えるな、学生時代を思い出すよ、アムンゼン先生、万歳だ！　と完全に酔っぱらいの声で意味不明のことを言う。蕗子さんがぽかんとしていると、百科全書派の重田君が、アムンゼンっていうのは、南極点に最初に到達したノルウェーの探検家のことです、とすばやく解説してくれた。

「むかし極地探検にあこがれてさ、冷凍庫やアイスクリーム工場でアルバイトしたんだよ。こんなの比較にならない寒さのなかで働いてね。うちの会社に入ったのも、それが縁だから」

「ほんとの冒険はしなかったんですね」重田君がつっこみを入れる。

「そりゃあ無理だよ。だって犬が嫌いだもの。命の綱の犬橇《いぬぞり》が使えない。ライバルのスコット隊が全滅したのは、雪上車に頼りすぎてたからだしね。だからといって、そう簡単に好きにはなれない。冷蔵倉庫での修業が倉庫会社への就職に結びついたってことだけで、もう男のロマンはじゅうぶん満たされた」

「犬が嫌いだなんて、夢をあきらめる理由としてはなんだか冴《さ》えないなあ」と重田君は残念そうに言った。「そうだ、夏場、もっと暑くなったら、宗方さんにたのんで、冷蔵倉庫で宴会でもさせてもらいましょうか？　あそこはもともと設定控え目で冷えないところだし、蕗子さんだって厚着すれば大丈夫ですよ。春先に輸入物のカーネーションを入れるくらいしか使ってないでしょ？」

そのとき、蕗子さんの頭にある考えが浮かんだ。

＊

せっかくおいしいお肉を食べて、山城さんと重田君の、かみ合っているのかいないのか、焼き肉の煙のなかで煙に巻かれるようなやりとりを愉《たの》しむことができたのに、業務用のエアコンから吹き出される冷気に襲われて低血圧に冷え性の身体《からだ》は、帰宅後もなかなか回復しなかった。

かなりながいこと湯に浸ってようやく血の気を取り戻しはしたものの、梅雨時から夏場にかけては冷房に、秋から冬にかけては外気そのものにやられて、考えてみると身体がまともに機能してくれる季節はほんとにかぎられている、と蕗子さんはため息をついた。レーミンみたいに寒い季節には寒い土地へ、暑い季節にはより暑い土地へ、あたりまえのように飛びまわる丈夫な身体があったらなあとむかしはうらやましく思いもしたけれど、これはもう観念するしかなかった。

　ましてあの極地探検である。なにがどうつながったらそんな話になるのか、蕗子さんにはいまだによくわからない。でも重田君愛用の百科事典が磯村酒造の大旦那《おおだんな》さんのところにあったのと同時期に父から買われたものだとしたら、その事典の風変わりな構成と図版が、ひとりの男の子の精神形成の一役を担《にな》ったことになる。そして蕗子さんの後輩となったその妙な男の子の冗談めかした最後の台詞が、思考停止状態になりつつあった頭にも鮮明に残った。

　宗方さんが管理している共同倉庫の、現在は閉じられている食堂の裏手に、食材置き場も兼ねた冷蔵保存庫がある。いまのところは、冷暗所に保管してくださいといった指示のある製品や飲みものが区分けされているだけなのだが、本格的な低温物流に関してはその道の大手に任せたほうが安心かつ安全なわけで、重田君が言うようになんとなくもてあまされている感じの空間なのだった。だから、レーミンの店へ搬入する前段階の季節の花や球根のほかには、ごくわずかな生鮮食料品を一時的にあずけておくくらいの使い道しかなかった。

　レーミンの母親は商売のいろはにずいぶんうるさくて、雨が降れば雨の日の売り方、晴れた日には晴れた日の売り方を工夫するよう口を酸《す》っぱくして店員に指示を出すひとで、店先には大きなショーケースを常備してディスプレイにも気をつかうくせに、花を冷やして保管することを心の底では嫌っていた。冷蔵しているあいだはたしかに悪くならないし、見栄《みば》えがする反面、花は、いったん外に出すとたちまちだめになる。逆に、常温のまま保存しておくと、香りもよく、日持ちもする。それを知っていたから、レーミンの母親は、お客さんの手に渡るまでの命をのばしておいて、渡ってからの命を短くする横暴にいつも文句を言っていた。若いころ旅行をかねて欧州の花卉《かき》市場へ視察に行ったとき、フランスにもドイツにも、花屋にあのステンレスのぴかぴかしたショーケースがなくてびっくりした、それが正しいんだよと自慢していたほどである。しかし現実問題として、客層の限られている地方都市の花屋には、冷蔵庫が欠かせない。在庫の管理に宗方さんのところを時々借りたりするのも、利益を考えると仕方がないことなのだった。

焼き肉屋で重田君の言葉を聞いて蕗子さんが考えたのは、どこか花の近くで存分に眠りたいといっていた梅沢さんのおばあさんを、あそこにならつれてこられるのではないか、ということだった。病院近くの本店の売り場でなんとかなるかもしれないなどと、はじめは漠然と考えていたのだけれど、アルバイト時代の記憶をあれこれ探っているうち、掃除を終えてシャッターを下ろし、帳簿と業務日誌をつけようとちいさな事務机に向かう時間帯には、ショーケースの音が意外にうるさかったことを思い出したのである。

蛍光灯を消すことはできても、冷蔵庫の電源を落とすわけにはいかない。ああいう機械は、昼間、お店の正面を開放し、音がたくさんあるところで役立つものだ。隣で寝ていたら、いくら美しい花が見えても気が休まらないだろう。その点、山城さんが「冷蔵修業」をしたところにも似ているらしい広々とした食堂の裏手なら、低い折りたたみベッドかなにかを持ち込んでまわりを花で囲めばそれなりのかたちになるのではないか。こちらの思いつきでできることではないのだが、実現不可能な話でもない。

お風呂《ふろ》のおかげで消えかけていた下腹部の鈍重な感じが、火照《ほて》りのしずまるにつれて、また遠くのほうから戻ってくる。焼き肉とたばこの臭《にお》いが染みついたブラウスをたらたら時間をかけて手洗いし、腰にへんな負荷をかけたのもよくなかったのだろうか。息をするのがつらくて、蕗子さんは、ゆっくり大きく、聴診器をあてられているときみたいに肺いっぱい息を吸い、ひとつ、ふたつ、みっつ、よっつ、いつつ、と数えてから、すうっと吐き出した。主治医の若先生は心臓の情けなさばかり指摘して肺についてはなにも言わなかったけれど、かつて測定した肺活量のまずしさは、胸の奥に、それこそ幼少時からまだ吐き出し切れていない空気が残っているのではないかと怖くなるほどのものだった。

もう一度、身体の芯《しん》をあたためよう。重い腰をあげてキッチンに立つと、蕗子さんはミルクパンに軟水のミネラルウォーターを少量入れて火にかけた。沸騰《ふっとう》したところでアッサムの葉を入れ、弱火にしてよく葉を開かせ、ミルクを加える。いつも帰りに立ち寄るコンビニには低温殺菌牛乳が置かれていないので、なんだかしゃびしゃびしたふつうのミルクで我慢する。沸騰する直前に火を止め、蓋《ふた》をして数分蒸らした。そして、ティーストレーナー越しに、お湯であたためたマグカップへと、香り立つ液体をたっぷり注いだ。

ベッドを背もたれにして、床にぺたんと座る。ロイヤルミルクティーという言葉と現物を同時に覚えたのも、小学生時代のことだ。船が見たいという蕗子さんの願いを聞き入れて、家族三人、電車を乗り継ぎ、大きな港町へ一日がかりで遊びに行った休日の午後。埠頭《ふとう》のレストランで、父はコーヒーを、母はオレンジエードなるものを注文し、蕗子さんはその名の高貴さに惹《ひ》かれて、ロイヤルミルクティーを試してみた。甘ったるくて、かすかに渋みもある濃厚な味わいに蕗子さんはすっかり感激したのだが、母は熱い飲みものが運ばれてきたことに仰天して、冷たいのが飲みたかったんですけれど、と給仕の女の子に説明を求めた。ところが、うちのエードはホットでございますとなんだか田舎者を見下すような口調で言われたものだから、それ以上言葉が出なくなってしまった。母はあとから、オレンジジュースの高級版かと思ってたのよ、と怒りと恥ずかしさのまじった複雑な表情で告白した。

ロイヤルミルクティーをつくるたびに、蕗子さんはあのときの母の顔と、それをまったく意に介さず、たばこを二本、三本とつづけて吸いながらコーヒーを飲んでいた父の横顔が思い出される。あのころ、父と母はどんな会話をしていたのだろう。家族三人で出かけているのに、さほど楽しそうな雰囲気ではなかった。父はひとりで遠出をすると「ハイライト」の予備を何箱か持って行ったのだが、母がいっしょのときはハンドバッグに未開封のものをかならずひと箱入れさせていて、それが母の機嫌を損ねていた。まるでわたしがたばこを吸ってるみたいじゃないですか、と母は不平を言っていたけれど、蕗子さんはあの空色のパッケージが好きだったので、封を切らなければ飾りとして鞄《かばん》に入れてもいいと思っていた。かつてはよく、たばこをカートンで買ってきてくれと頼まれたものだ。あまり吸わないでと言われているのに、自分で小量ずつ何度も買いに行くと恰好《かっこう》悪いし、母に頼めば叱《しか》られると踏んだ父は、お店のひとも文句が言えない小さな娘を使った。蕗子さんはカートンの色合いも気に入っていたので、その秘密のお使いをじつは楽しみにしていた。

両のてのひらに包まれたマグカップの、ロイヤルミルクティーから、なんだか古い記憶にまみれた煙草《たばこ》のえぐみが沁《し》みだしてくるようだ。百の葉、千の葉、たばこの葉、紅茶の葉。蕗子さんはベッドサイドにおいてある紙の葉の、「めぐらし屋」のノートを手にとる。切り抜きを貼《は》り付けてふくらんだ頁《ページ》が自然と開くのだが、何度も読んだはずの古い新聞記事になにげなく眼をやったとたん、胃のあたりがずんと痛んだ。たばこ泥棒逮捕の報道のすぐわきに、父の直筆でこうあったのだ。「名和タバコ店ノオバサンニ、一報セリ、ヨカッタ！」。どうしてすぐに気がつかなかったのだろう。梅沢さんに「めぐらし屋」を紹介した女性の名字は、名和さんだったというのに。

＊

雨がつづいているのに外まわりの仕事が多くて、疲れがどうしても抜けない。運転手にもなってくれる重田君が部長の出張につきあわされて何日か当てにできなくなったため、移動にはずっと電車とバスを使っていたのだ。焼き肉屋で慰労とも励ましともお節介とも言える、楽しいけれど結果的に疲れを増幅させることになったあの夜のほかは、いつも以上に走りまわっていた。蒸し暑くて汗をかき、その直後に冷房の効いた場所に入るという、蕗子さんにとっては最もきつい状況に耐えながら、使い捨てカイロを駆使して冷えを防いだ。

レーミンが花屋の実家に帰ってきて、会おうよと言ってくれたその日は、たまたま磯村酒造の大旦那さんとの約束があったし、週のなかばは重田君の予想どおり天気が崩れてきたので、会うのはやはり一週持ち越そうかなと蕗子さんは迷っていた。家に戻ってきた直後のレーミンはすこし不安定なところがあるのだが、落ち着いてくるとだんだん人恋しくなるらしく、遊び相手が見つからない場合は子どもが心配になってきたと言い訳をして、やってくるときと変わらぬ速さで東京へ戻っていくのがつねだった。油断していると、いつのまにかいなくなってしまう。それが心配だった。

仕事のあいまに、蕗子さんは電話帳で「名和たばこ店」を探してみたりしたのだが、近隣の数市をまとめたものにそのような名は見あたらず、梅沢さんの紹介者とつながりがあるのかどうかについて、詳細は不明のままだった。しかし、花のもとにての件については、今度の日曜日、父の部屋に彼女から電話があったときのために、ある程度以上の明確な返事を用意しておかなければならない。こちらからは連絡できないので、ありうべき事態に備えつつ、でもうまくまとまらなかったあかつきにはこっそりキャンセルもできるよう、慎重な調整が求められていた。

ただし、変な話に首を突っ込んでしまったとは思っていなかった。そうするのが自然だと感じられたから流れに任せたのだ。とにかく日曜の午前までにはレーミンに会って、ひととおりのことを話しておきたかった。電話してみると、あいかわらずの明るい声で、いつでも空いてるよ、というので、金曜の夜に食事をすることにした。

その日、蕗子さんは取引先から直接、約束の店にタクシーで向かった。腰の痛みが抜けなくて身体がだるかったし、バスでは間に合わないと判断して、出先の事務所で呼んでもらったのだ。週末の五十日《ごとおび》でインターチェンジの近くを北上する産業道路が渋滞し、それが町中にまで波及してくる時間帯なのに、なぜか車はよく流れていた。

「ずいぶん空《す》いてるでしょう、バブルの時はよかったですけれどね」

運転手さんが話しかけてきたので、蕗子さんは痛みがまぎれるかもしれないと期待して、あたりさわりのない受け応《こた》えをすることにした。とにかく話を聞いて相槌《あいづち》を打っていればいい。運転手さんは当時、大手流通の下請け業者として、ここから二時間ほど走ったところにある地方空港へ、毎日航空貨物を運んでいたのだという。その大手とは、蕗子さんの会社も取引があった。

「あのころは、いつでも、どんな天気でも、車は多かったですよ。表向きの景気はじつによかった。わたしらにはただの薄っぺらい書類にしか見えないものでも、郵送や宅配便じゃ間に合わない、保険が足りないって、ばんばん航空貨物便を使ってましたからね」

「じゃあ、ほんものの、航空便ですね」蕗子さんはまた微妙にずれた反応をする。

「ほんものじゃない航空便が、あるんですか？」

「航空便って、外国に出す普通郵便のことですよね。だから国内向けに飛行機で書類を送るのが、正真正銘の、急ぎの航空便かなと思って」

「ははあ、なるほど。うまいこと言いますなあ。とにかく贅沢《ぜいたく》な話でした。大きな企業になると、手形や小切手まで航空貨物に入れてましたからね。何千万単位の額の小切手です。保険だけで相当なものです」

「そのお金を使って、社員に運ばせればよかったのに」

「そんなべらぼうな額の小切手を持って歩けますかね。いくら保険がかかっていても、怖いものですよ」

泡がふくらんではじける。しかし蕗子さんの会社は、はじける前段階のふくらみの誘いに乗らなかった。立地のいい場所に倉庫を新設したり、冷凍物が扱えるような設備投資をしたりすることもなく、自社でまかない切れないぶんは少々辺鄙《へんぴ》な土地にある閉鎖された採石工場や、つぶれた養鶏場などを格安で借り受け、最低限の補修だけして使いまわしていたから、保管率が急激に落ちて危うくなっても契約を解除するだけで済んだ。

　大きな借金は一度もしなかった。いつだったか蕗子さんが拡大路線の契約を迫られて抵抗できなくなったとき、現部長の豊原さんがにこにこと出て行って、うちはそんな器じゃありません、荷物の器を貸す商売ではありますが、器屋だからこそ、自分たちにとっていちばん使いやすい器の大きさはわかっているつもりです、いまのままでなにも困りませんからなどと、まるで商売にならない方向へ話を落としてくれたこともある。

　本質的には親族経営だから、なにごとにも慎重になるのだろうけれど、それは社長の意向であるばかりでなく、上にいるひとたち全員の共通認識でもあったようだ。蕗子さんがこの職場を離れずに二十年ほども過ごしてきたのは、不器用でつぶしがきかなかったことに加えて、いまだ鮮明に覚えているあの豊原さんの台詞《せりふ》が社の方針になって浸透していたからだと思う。無理をしないことが逃げに見えない、そういう経営だったのだ。

　運転手さんは、小口の荷物がある時期から急激に減って商売にならなくなり、やむなく廃業したのだという。しわ寄せはかならず下の方にやってくるんですよ。そう言いながら、駅裏のはずれの、とあるビルのまえで蕗子さんをおろしてくれた。一階に、手打ちうどんのお店がある。地元にいないくせに、蕗子さんより情報に通じているレーミン御推薦の店だった。

暖簾《のれん》をくぐるとレーミンはもう予約席に座っていて、蕗子さんの顔を見るなり学生時代のままの姿勢でさっと手をあげた。すぐにわかったでしょ、と笑みを浮かべたレーミンの左右の目尻《めじり》に深い皺《しわ》が二本ずつ刻まれるさまを、蕗子さんは自分が鏡を覗《のぞ》いているような近しさとさみしさをもって追った。むかしと変わらないなんて言葉は、ただのごまかしかもしれない。そんなはずないのに、と蕗子さんはあらためて思った。そもそも年齢の変化がきちんと表に出ることを、なぜ厭《いと》わなければならないのだろう。なにはともあれ、レーミンの笑顔は、悪くない。

定番だというう皿盛りのつけうどんセットを注文したあと、もうだいぶ元気になったよ、心配かけてごめんね、とレーミンは言った。

「しばらくうちのこと忘れてたら、すっきりした。昨日やりそこねた洗濯片づけなきゃとか、明日は収集日だから古新聞縛っておかなきゃとか、息子の学校に寄付する雑巾《ぞうきん》を縫わなきゃとか、そういうなんでもないことが、ときどき急にいやになるのよ。とくに縫い物なんてみんな母親にやってもらってたから、勝手がわかんないもの。スーパーで買わずにちゃんと家で縫った雑巾を持って来いだなんて、時代錯誤もいいとこだと思うけどな。ミシンなんて踏んだことのない親ばかりなのに。あ、いまは踏むって言わないか、電気だものね」

「電子ミシンでも踏むのよ。フットペダル式があるから」

「へえ、蕗子って、裁縫もやるんだ」

「裁縫はだめよ、針が怖いもの。ミシンだって中学の家庭科以来触ってないし。ただ、うちの倉庫に入るの、そういうのが。外箱の写真でわかる」

「ふうん。倉庫だのビルだのって、殺風景だしなんのおもしろみもなさそうだけど、蕗子の話を聞いてると、魔法の館《やかた》みたいに聞こえるから不思議よね」

「そうかな」

「うん。たのしそうだよ、うちの倉庫、って言うときの口調が」

レーミンはまた目尻に皺のある笑みを浮かべた。

「だったらうれしいけどね」と蕗子さんは言った。「それでね、じつは、まさしく『うちの倉庫』のことで、ちょっと相談があるの」

＊

仕切りに囲まれているなかば個室になった席で、相当に腰のあるうどんを啜《すす》りながら、というより、つよく少しずつかみ砕いて飲み込みながら、蕗子さんは父が亡《な》くなってから身のまわりに起きたことを、まさしくその太くいびつな麺《めん》を食べるのとおなじ不自由さで、しかし、できるかぎり順序だてて話した。「うちの倉庫」についての相談をするには、どうしてもこれまでの経緯を説明しておかなければならなかったのだ。

どこかひろくて気持ちのいいところで食事でも、という願いは、曇り空と雨のおかげでかなえられなかったけれど、あまり開放的な場所で向き合っていたら、こんなふうに集中して言葉を探し、汲《く》み出すことはできなかったにちがいない。まったく、わたしはだめだなあ。ついこのあいだまで、好き放題な友だちの軌道修正役を受け持っているのは自分だと、上からものを言うような気持ちでいたくせに。すっかり元気になったという彼女の台詞を真に受けているわけではないのだが、レーミンが聞き役になってくれることを、いまは素直に感謝したかった。

「なかなかたいへんだったんだ。お父さんのこと詳しく聞かせてくれたの、はじめてじゃないかな」

「わたし自身、よく知らなかったから。いまも、だけれどね」

「でもまあ、そういう、謎《なぞ》めいて、しんみりした話を、いくら偶然にしても、うどんを食べながらしてるってところが、蕗子らしい」とレーミンがセットについてくるデザートの白玉あんみつをおいしそうに口に入れて言った。「それも、やたらと嚙《か》み応えのあるのを、もぐもぐ、もぐもぐ。ここはね、じつは母親に教えてもらったのよ。店の名が『踏んだり蹴《け》ったり』だなんて、ふざけてるでしょ？　手でもこねるけど、ほんとに踏んでるらしいよ」

「足で踏んだのを、食べてたわけ？」

「生足じゃないわよ。丈夫で清潔な、ビニールかなにかで包んで、そのうえから踏んだり蹴ったりしてるだけ」

「そりゃあ、そうよね」

「母親のとこのお客に、元力士さんがいるんだって。何年かまえから、巡業でまわってきたそのひとの古巣の、稽古場《けいこば》と宿泊所に花を納めてるらしいの。番付表もらったって、うちの息子に送ってくれたこともある」

相撲のことは皆目わからなくても、番付表くらいは知っている。蕗子さんは、ふうん、と白玉を竹のスプーンで宙に浮かせたまま合いの手を入れた。

「だから、多少のノウハウはあると思うよ」

「なんの？」蕗子さんが眉《まゆ》をわずかに寄せた。

「稽古場みたいな、がらんとしたところに花をたくさん持っていって、短時間で形にするとか、そういう仕事には。土俵を花で埋めたことはないにしても、要は、ぜんぶ買うわけじゃなくて、一時的にその、温度調節のできる部屋に入れておくものを融通してほしいってことでしょ？」

言われてはじめて、蕗子さんはお金の心配をまったくしていなかったことに気づいた。倉庫のほうはなんとか交渉できても、花を用意しようとすれば、リースにしても費用がかかる。もちろん、まだやるともやらないとも応えていないのだし、なにがどうなるのかも予想がつかない状態なのだが、そんなものをぜんぶ自腹を切ってやろうとしてもできるはずがないではないか。まだ見ぬ梅沢母娘《おやこ》が頼んできたのは、金銭面で過度の負担がかからない場所を求めてのことなのだろう。

それにしても、父が「めぐらし屋」でやろうとしたのは、いったい、どういうことだったのだろう。旅館でもホテルでもない、臨時の、隠れ家みたいな、宿探し？蕗子さんが偶然受け取った最初の電話で、磯村酒造の大旦那《おおだんな》さんとのながい対話のきっかけをつくってくれた男性は、たしかにそんな言い方をしていたし、また大旦那さん自身がそれを実際に体験しているわけなのだが、もし通常ではあまり考えつかない休息所の設営がその定義のなかに入っているとすると、頼みごとをしてきたひとの家に行って細工をするのは邪道になる。花を運べばいいだけなら、なにも不便な場所にある冷蔵倉庫ではなくて、梅沢さんのお宅に直接出向けばいいのだ。

でも、きっとそういうことではないのだろう、と蕗子さんは思う。日々を送っている時間や空間の層を一時的に離れたいと望むひとたちがせっぱ詰まって連絡をしてきていたのだろうし、父は父で、なんの見返りも求めずに、そういう場所の差配をしていたのだ。それが必要だと考えてやっていたのだ。できるものはできる、できないものはできない。できそうなものは、できるものに近づけようと努力してみる。なんとかしようとあれこれ思案してみる。むかし、父が教えてくれたことだ。

「それは可能だと思うよ」とレーミンがつづけた。「店の花を見つくろって持って行くっていうことじゃなくて、市場からそちらに回せるものだけでなんとかするんでしょ。それならぜんぜん問題ない」

「華美にする必要はないの。それこそパセリだってバジルだって、店頭に置いてあるような緑に、ちいさな花がその分量だけあれば」

「だったらなおさら大丈夫。そんなのあたしを通さなくても、直接うちの母親に頼めばいいのに。いちおう、これこれこういう話があるから、その折には蕗子に協力してやってって頼んでおくよ」

助かる、と蕗子さんは礼を言おうとしたのだが、噛み過ぎたのか、顎《あご》が疲れてうまく言葉が出なくなっていた。てのひらで抑えて、やわらかく揉《も》み、あたため、かくかく音をさせて動かす。あたしも、とレーミンが笑い、しばらく黙って、ふたりで顎のリハビリをした。

「下の息子がね、友だちに、買ったばかりの漫画を貸したのよ」レーミンが急に話題を変えた。「それを、学校で返してもらったの。ところが家に帰ってくるなり、だいじな本が水でびしょ濡《ぬ》れになってたって、べそをかきはじめた」

レーミンの下の男の子は、今年小学校の一年生にあがったばかりだ。次男坊君の語るところによれば、その友だちは、三年生になるお兄ちゃんにも読ませ、そのお兄ちゃんはさらに自分の同級生に貸してあげたらしいのだが、次男坊君の友だちが手にしたときには、なんの異常もなかったという。だとすれば、友だちのお兄ちゃんの同級生が学校で読んでいるうちになにか粗相があったのかもしれない。それじたいは悪くはないけれど、無断で又貸ししたのが感心できなかった。仕事から戻った旦那さんに事情を話すと、それなら友だちのお兄ちゃんに電話して、なにがあったのかを説明してもらえというので、次男坊君は勇気を出して電話をした。友だちのお兄ちゃんによると、又貸ししたのではなく、たまたまその同級生が家に遊びに来て、弟と共同の子ども部屋にあったものを読んだにすぎず、外に持ち出したり水をこぼしたりはしていないという。

「このあたりでおかしいと思うべきだったのよね」とレーミンはつづけた。「うちの子は慣れない電話で大冒険したみたいな気になって、すっかり満足しちゃったのよ。でも、なにか要領をえないもんだから、よくよく話を聞いてみると、本が濡れているのに気づいたのは、学校からの帰り道だった、って言いだしたの。学校ではなんともなかったのよ」

蕗子さんは、レーミンがどうしてそんな話をはじめたのかわからず、ただじっと耳を傾けていた。

「それで、本が入っていた手提げ鞄《かばん》をのぞいてみたら、なにが入ってたと思う？」

「さあ……」

「濡れたハンカチよ！　いっしょに入ってた教科書やノートも端がふやけているから、まちがいなくその水が浸《し》みてたってことなの。でも、どうして濡れたハンカチが入ってたのか。だれかのいたずらじゃないかって、こちらも腹が立ってきて、最初からぜんぶおさらいをさせてみたの。そしたら、帰りに配られたプリントで友だちが指を切ってしまったので、ハンカチを学校の水道で濡らして拭《ふ》いてあげたって言うのよ。そのままハンカチを鞄に入れたってわけ。子どもの話の出発点を百パーセント真に受けたあたしの責任だけど、考えてみれば、たったひとつのことでも、ものごとのつながりって複雑なのよね」

蕗子さんは、黙ってレーミンを見つめた。

「つまりさ、蕗子の話のしかたもそれによく似てたわけ。自分で濡らしたハンカチを鞄に入れたままそれを忘れて、だいじなものをふやかしちゃったみたいな。あたしは好きよ、そういうの」

＊

濡れたハンカチか。思いもよらぬレーミンの言葉に、蕗子さんはとつぜん、それまで気づかずにいた深い穴に落ち込んでいくようなめまいを味わう。腰の痛み、下腹部の重み、そして貧血から来る身体《からだ》ぜんたいの不安定。腰を少し浮かせただけですっと血の気が失《う》せて、せっかく疲れた四肢の隅々までしみ込んでくれた白玉あんみつの甘味までが消えてなくなりそうだ。嚙むのはたいへんでも味は濃すぎず薄すぎず上品でおおいに満足だったし、話に夢中になっていたので、体調のすぐれないことを忘れていたのだった。

「悪いこと言っちゃった？」

レーミンが目ざとく顔色の変化に反応する。でも、深刻そうな声ではない。「なにも蕗子がうちのちびと同レベルだなんて言いたいわけじゃないのよ」

「わかってる。これはいつものなんていうか、ふわふわ病だから」

「ふわふわ病ねえ。だったらいいけど、もう若さとは契約更改の時期だから、おたがい無理しないようにしなくちゃだめよ。そうだ、まだおなかに余裕があるなら、コーヒーでも飲もうか。落ち着くよ」

「いま場所を変えるのは、ちょっとつらいな」

「ここで飲むのよ。エスプレッソがある」

「うどん屋さんに？」

なんだかもうわけがわからなくなってお品書きを見ると、たしかにエスプレッソがある。そういえば、あまり意識していなかったけれど、店内には小音量でジャズが流れていた。エスプレッソがあったっておかしくない。じゃあ、それを、と蕗子さんはレーミンに頼んでもらい、デミタスにほんの二センチほどしか入っていないその液体に蔗糖《しょとう》のかたまりをふたつ落としてかちゃかちゃ溶かしてから、ひと口、ふた口、ゆっくりと飲んだ。唇に残ったとろりとした液を、ぺろりと舌でなめる。猫舌のレーミンはしつこいくらいにかきまぜて、それからお猪口《ちょこ》を手にしたみたいに、ぐいっとあおった。

「出先で、お手洗い借りることがあるでしょ」と蕗子さんがおもむろに言う。

「え、なんの話？」今度はレーミンが聞き返す。

「お手洗いの話。最近は、ペーパータオルやハンドドライヤーがふつうにあるからいいけど、むかしはそうじゃなかった。だから、用を足したあと、手を洗ってハンカチで拭くよね。ぽんぽんとはたいて、軽く水を吸い取るみたいに。でも、どんなに加減してもハンカチは濡れるのよ。レーミンはどうしてた？」

「なにを？」

「その濡れたハンカチ」

「ハンドバッグに入れる」

「そうよね。でも、中に入れてたものが湿らない？　学生のころ、大切にしてたジェムの英和辞典をそれでふやふやにしちゃったことがある」

「あんたはまじめに洗ってまじめに拭くからよ」我慢できずにレーミンが噴き出した。「たっぷり吸わせすぎ」

「そうかなあ。いくら不器用だからって、ハンカチの使い方はひと並みだと思うけれど。とにかくそのためにわざわざビニール袋を用意するのもへんだし、まわりの目もあるから、ハンカチはすぐハンドバッグに入れるでしょ。友だちはみんなどうしてるのかなって、ずっと思ってたの。いまだにわたし、ハンドバッグのなかで、なにか濡らしてるもの。だからさっきの話、譬喩《ひゆ》じゃ終わらないのよ」

「ふうん。あたしは考えたこともなかった」スプーンでカップの底にたまった砂糖をすくいながらレーミンが応《こた》える。「蕗子ってほんと変わってないわね。細かいところと抜けたところが、すごく平和に共存してて」

それ以上詳しくは言わなかったのだが、じつはつい昨日も外で手洗いを借りてハンカチを濡らし、急いでいたのでそれをハンドバッグではなく資料を持ち歩いていた紙袋に投げ入れてしまい、クリアファイルに整理してある書類の端のほうがふやけるというトラブルがあったばかりなのだ。濡れたハンカチをどうするかといった、生活の基礎も基礎にあたるようなことさえうまく処理できないのに、これでなにかを管理する仕事が勤まっているのだから、自分でも不可解としか言いようがない。

くらくらした頭でレーミンの四方山話《よもやまばなし》に応対をしながら、蕗子さんはまた父のことを考えないではいられなかった。「めぐらし屋」は、父が想《おも》い描いてはじめたことではなく、ちょっとした偶然が重なってはじめてしまった慈善活動みたいなものだったろう。これが質屋とか高利貸しとか古道具屋とか、すでに存在する名称を掲げての後追いなら、ある程度のやり方は決まっていて動きやすかったにちがいない。

しかしあのひょうたん池のアパートには看板すら出ていなかった。それじたいだれの目にもとまらない隠れ家のようなものである。だれも知らないところに連絡をして、だれも知らないところを紹介してくれと頼むという仕組みに、蕗子さんはいまさらながら奇妙な感懐をおぼえた。そういう場所へ足を踏み入れるにはすでに経験済みの人間が仲介しなければならず、秘密はその時点でただの秘密でなく公然の秘密とよばれ、なんだかすっきりしない回路ができあがる。それでお金を儲《もう》けようと考えるなら、隠れ家の持ち主自身が秘密をばらし、隠れ家がここにありますという矛盾に満ちた宣伝をしなければならない。黙っていたらその存在は永久に表沙汰《おもてざた》にはならないのだから、以後は沈黙を守るにしても、最初のひとりに対しては自分自身が遭難信号に似たシグナルを出すほか手はないわけなのだ。その最初のひとりが第三者に情報を流し、情報を受け取った者は、みずから利用しなくともべつのだれかにそれを伝えることで細い糸をつなぐつなぎ目になりうる。あとは完全に、他力で動いていくだろう。

もし隠れ家の斡旋《あっせん》を「仕事」にしていたなら、こんな展開にはならなかっただろうな、と蕗子さんは思った。出張先でしばしば紹介される、いわゆる知る人ぞ知るタイプのお店は、絶対に知られてはならないとする防衛本能と、過度にならない程度には知られていたいという自己顕示欲の、微妙なつりあいの上に立っている。蕗子さんには、そのつりあいじたいが耐えがたいものだった。適切とおぼしき範囲からわずかでも足を踏み出してしまえば、情報はあっというまに陳腐化する。「隠れもない隠れ家」を自称しながら、完璧《かんぺき》に隠れることの矛盾と傲慢《ごうまん》。父の「めぐらし屋」は、そういう息苦しさ、ずるさから、最も遠くにあるものだったのではないか。だからなおさら、濡れたハンカチさえ持てあましている自分に、そんな複雑精妙なバランスを取って、ひとのために動くことができるかどうか心もとなかった。

「ねえ、ひとつ、きいていい？」

レーミンの声が聞こえる。デミタスの底に溜《た》まった液がはやくも黒く固まって、つよい香りを発している。ここまでくるとあとはお冷やを飲むしかないのだが、冷えたコップの外側の、薄い結露に湿った指をぬぐうお手ふきはもう回収されていた。そしてしかたがないので、テーブルの下で指をさわさわとすりあわせてごまかす。そしてごまかしたあとで、こんなときこそハンカチを使えばよかった、と悔やんだ。

「酒屋の若旦那《わかだんな》さんて、どんなひとだった？」

「はい？」

「ほら、造り酒屋の、池に落ちたっていう息子さん」

「訪ねた日はちょうどお留守だったから、会えなかった」

「そうなんだ」レーミンがにんまりしてほおづえをつく。

「どうして？」蕗子さんが言う。

「いつまでひとりでいるのかな、と思ってね」

「へんなこと言わないで。若旦那さんには、きれいな奥さんがいるんです。良枝さんていうの。このあいだ、とてもよくしてもらったのよ」

「じゃ、勘ちがいか。濡れたハンカチが触ってたところ、もしかしたらその辺かなって睨《にら》んでたんだけど」

「残念でした」

「そんなふうにして将来の夫とめぐりあえたら、まさしく天のはからい、めぐらし屋でございってところだったのにね」とレーミンはため息をついた。「それに、蕗子が造り酒屋の御曹司といっしょになってくれてたら、飲み放題だったのに」

＊

お店を出たあとレーミンがすたすた隣の駐車場へむかうのを見て、めずらしく彼女がお酒を飲まなかったのは車に乗ってきたからなのだと蕗子さんはようやく理解した。どうりで酒が飲みたいっていう話に落ち着いたわけだ、とひとりでくすくす笑っているところへ、佐藤花卉《かき》店のロゴが入った白い配達用のワゴン車がバックで出てきたので、呆気《あっけ》にとられて乗り込むのを忘れてしまう。伝票やらなにやら紙類が散らかっている座席越しに、上半身をのばしてレーミンがドアを開けてくれた。今日はこれしかなかったのよ、母親の車を貸してもらえなかったから、と苦笑いするその横顔には、お店のなかとはまたちがう小皺《こじわ》が浮かんでいた。

ふわふわ病、まだ治ってないんでしょ、都合のいいところまで送る、なんなら家まで乗せてくよと言ってくれるレーミンの好意を、蕗子さんは、駅まででじゅうぶんと断った。いまの部屋に移ったのは五、六年まえのことだが、お盆だの正月だのという区切りは無視して、時間があるとき、気持ちが鬱《うつ》したときに帰ってくるレーミンとは、彼女の実家か交通の便のいい場所にある店でしか会っていなかった。もっとながく話していたい気もしたけれど、知らない道を不慣れな車で走らせるのも心配だったし、ひとりになりたい気持ちもおなじくらいつよかったのである。

駅で別れてからのことは、あまりよく覚えていない。マニュアル式に不慣れなレーミンの、がくがく車体を揺らす豪快な運転のせいで車酔いをしたのか、それとも先ほどの腰が抜けたような状態から立ち直り切れていないのか、ともかく駅の待合室でしばらく休んで、歩けるようになったところでなんとか帰途についたのだが、部屋に入るなり意識をなくして服を着たままベッドに倒れ込み、目が覚めたらもう朝になっていた。

いけない、と蕗子さんはあわてた。このあいだ宗方さんに連絡をしたら、書類の整理があって、土曜日も午前中だけ倉庫の事務所にいるというので、会う約束をしていたのだ。ベッドカバーに突っ伏して寝ていたために、やや粗めの模様が片頬にびっしり転写されているのを鏡で見て驚愕《きょうがく》しつつ、体中に血がめぐるまでいつもよりながくシャワーを浴びて、頬の跡がうまく消えますようにと祈った。髪を乾かし、皮膚のでこぼこは丹念に化粧でごまかしはしたものの、目もとの腫《は》れは残ったままだ。どうしてわたしはこうも色気がないのかな。ため息をひとつ、深呼吸をふたつ、みっつ、よっつ、さらに背筋のばしのストレッチを三度やって、ミネラルウォーターをコップに二杯たっぷり飲んですぐに出かけた。

会社は休みだから、重田運転手を頼むことはできない。電車と路線バスを乗り継いで、宗方さんの倉庫へたどりついたときには、もう十一時をまわっていた。蕗子さんの顔を見るなり、宗方さんは開口一番、働かなくてもいい日にわざわざ出てきたくはないんですがね、ちょっともめごとがありまして、と言う。どうもその話をだれかにしたくてしかたなかったらしい。ほんとに最近の運び屋は質が落ちてますからな、といつもの台詞《せりふ》を吐いてから、宗方さんはひとしきりそのもめごとなるものについて語った。

二週間ほどまえ、コンテナの積み込み位置をまちがえて厳重注意を受けた運転手が、このあいだもまた、リフトの使い手がいちばん困る角度に乱暴なやり方で車を寄せて迷惑をかけた。それをまったく意に介さず、平気な顔で事務所へ入ってきたので、宗方さんはつとめておだやかな口調で、あなたのやり方がいかに危険でいかに勝手なことかと、こんこんと諭した。ところが運転手のほうは自分がなにをやったか承知しているのでかえってかちんと来たらしく、一介の倉庫番にそんな口の利《き》き方をされる覚えはない、おまえの上にいる人間を出せと言う。さすがの宗方さんも、それでおさまりがつかなくなった。

「いつぞやうちの車寄せのコンクリにひびが入って崩れたことがありましたでしょ、あれもそいつの仕わざだと睨んでるんですよ。車体の傷のつきかたを見りゃ、すぐにわかる。現行犯じゃなかったですからな、あのときは。でも、昨日はちがった。『一介の倉庫番』ときたもんだ。参りましたね。侮辱されたことに対してっていうより、そう食ってかかられてむっときた自分の度量のなさにすっかり滅入《めい》っちまったわけです」

すべての血が肩から上にのぼらなくなったような貧血気味の身体《からだ》にむち打って大あわてで出てきたのに、こんなに暗い話を聞かされるはめになるなんて。胸のうちを見透かしたように、いや、申し訳ない、と宗方さんはそこで言葉をいったん切って、煎茶《せんちゃ》のパックでお茶をいれてくれた。わたしがやりますとも言えず、蕗子さんはソファーに腰を下ろしたまま、出てきたお茶を黙ってひと口啜《すす》った。そして、頼みごとがあるのに差し入れを持ってこなかったのを悔やんだ。

「ま、安全第一です。トラックの積み荷もひとの心も。運んでる荷は、ただの荷ですよ。下ろしちまえばそれでおしまい。あとはなんの関係もない。でも、そういう荷だからこそ愛情を持って扱ってやるべきじゃないですか。二まわりくらい上の連中は、忙しいときだって品物は大事に大事に動かしてましたよ、少なくともここでは」

「そうみたいですね。似たような話はほかの倉庫会社からも聞いたことがあります」

「年をとった証拠ですよ。こちらが黙り込んじゃったもんだからむこうも気まずくなって、最後には謝ってくれましたがね、さすがに思い屈してその日は仕事になりませんでした。で、半日分のしわ寄せがここに来てるってわけです」

「でも、その事件がなかったら、今日はお会いできなかったでしょ」

「そのとおり。やつに感謝せねばならんですな」

そこで、蕗子さんはやっと本題に入ることができた。車の出入りのない土曜日の午後から日曜日の朝にかけて、冷蔵倉庫の空きスペースを使わせてもらえないか、と。あまりに唐突な申し出だったからか、「事件」の顚末《てんまつ》をしゃべっているあいだのたかぶりがすっかり消えて、宗方さんはまたいつもの慈悲深い表情になり、ことの次第をもう少しくわしく聞かせてくれませんか、と言った。蕗子さんはレーミンに語ったことをつづめて、また、めぐらし屋のことはやっぱり伏せたまま説明した。

「また妙な願いごとですなあ。いや、そうでもないか。知り合いの親父《おやじ》に、もう八十くらいの爺《じい》さんですが、ビルの屋上の、違法建築のプレハブで生活したいってごねた御仁がいましたからね」

「可能、でしょうか?」

「『一介の倉庫番』が付き添えば、できないことはないでしょう。しかし、それらしい名目を用意せねばなりませんよ。とにかく現場を見てみますか」

冷蔵倉庫は、さすがにひろかった。ただ、窓のない空間の息苦しさは圧倒的で、とても安眠できそうにない。自身の見立ての鈍さに慄然《りつぜん》とするほかなかった。

「いかがです?」

宗方さんが蕗子さんの顔色を見て言った。

「ここに御婦人を寝かせるのは、いくらなんでも無理じゃないですか。使うなら食堂のほうですよ。什器《じゅうき》を一部処分しただけで、エアコンはまだ稼働《かどう》します。あれだって業務用だ、じゅうぶんに冷えるし、一晩なら花も持つ。ベッドがご入り用なら、荷を運ぶパレットを敷いてつなげればいいじゃないですかね。鉄枠の、丈夫なのがいくつもあります。むかし、忙しかったころは、われわれもそれで寝泊まりしましたからな。大黒に頼めばなんとかしてくれるでしょう」

「大黒さん！」蕗子さんは素《す》っ頓狂《とんきょう》な声をあげた。

「夕刻から数時間、社員の懇親会みたいな格好にしておいたらどうですか。かりにその方がいらっしゃらなくても、あとの者が楽しめる。ほんとうにいらしたら、場を譲ればいい」

言葉もなかった。愚痴とまではいかなくても、さっきまで不機嫌な顔をしていた宗方さんが、こんなにてきぱきとアドバイスをしてくれたことに、蕗子さんは驚くやら感激するやらで、体調不良が一気に吹き飛んだようだった。

「ありがとうございます。では、そのように伝えてみます」

「じつはね」と宗方さんは頭を掻《か》きながら笑った。「まえに一度、この食堂で泊まりがけの宴会したことがあったんですよ」

*

翌日、日曜日の朝の目覚めは、ひさしく味わったことのない爽快《そうかい》なものだった。季節の変わり目からずっと悩まされていた下腹部の鈍痛も、貧血からくるめまいもない。重田君によれば低気圧の接近もなさそうで、めずらしく湿度も低かった。ところが、である。冷えないよう靴下まで履いて寝たというのに、しかも昨日とちがってうつ伏せにもならず顔に跡もつかなかったというのに、左の鼻孔が内側から赤く腫れあがっている。

なんてこと、と蕗子さんは嘆いた。鼻が腫れるのは、疲れている証拠なのだ。参ったなあ、これじゃあ鼻どころか花のにおいだって嗅《か》ぐことができなくなる。ちいさな腫れは、市販のごく標準的な塗り薬でなんとかごまかせるのだけれど、孔《あな》の周辺の皮膚がてらてら光るくらい赤くなると、もう抗生物質に頼るほかない。そして、抗生物質を服用すると今度はおなかの調子が悪くなり、抵抗力がさがって風邪をひく。なんとも情けない悪循環だった。

まあいいか。シャワーを浴び、元気づけとばかりに、厚いトーストにバターとイチゴジャムをたっぷり塗って、おなじくたっぷりコーヒーを飲み、またまた懲《こ》りずにファンデーションで腫れを隠すと、昨晩のうちに用意しておいた紙袋を提げて駅にむかった。ミネラルウォーターの小瓶を二本、板チョコを一枚、それからハイライトを二箱。線香にマッチ、卓上用の箒《ほうき》、ウェットティッシュ、ゴミ袋も入っている。できればレーミンの母親のところで買いたかったのだけれど、そう悪くはない駅の近くの花屋に立ち寄り、いかにもお供え用という花が嫌いだった母には、ソケイ、ベラドンナリリー、トルコギキョウの白をまとめてもらい、父には、申し訳ないと思いつつ、ありきたりな菊をまじえた黄色と白の、なるべく荷物にならない仏花の束を選んだ。

むかし、自分と似た境遇にあるひとが、親の墓が別々のところにあっても、どちらか一方に行って、家族がみな幸せでいっしょだったころの思い出話をしてくれれば、もう片方まで行く必要はない、気持ちはぜったい通じてる、と話していたことをよく覚えている。そのひとの両親は、双方の実家の墓に入って、しかもそれが県をまたいでいたのだ。しかしあとで聞いたら、一日に二カ所まわらないというだけで、日をたがえて行っているのだとわかった。幸か不幸か、蕗子さんの父と母の墓は、方向が正反対になるので面倒は面倒だが、その気があれば電車で移動可能な距離にあった。それに、どちらも駅からタクシーが使える。

蕗子さんはまず、通い慣れた、緑の多い高台にある野辺山の霊園に行った。周囲の景色にすっかりなじんでいる母親の墓まわりを掃除し、ウェットティッシュで墓石を拭《ふ》いてから水をかける。台座に花を添え、線香を焚《た》く。しかしその香りが鼻の奥まで届かなくて、蕗子さんは思わず笑った。腫れているのは片方だけなのに、どちらも奥が詰まっているようだ。そして、笑いながら、母の好物だった板チョコをそっと供えた。

医者に専門があるということを教えてくれたのは、母だった。小学校にあがるかあがらないかのころ、突然こんなふうに鼻のなかが熱をもったようになり、息をするたびに鼻先が脈打つように感じられた。母に訴えると、日の当たる縁側で仰向《あおむ》けにしてなかをのぞき、ばい菌が入ったんじゃないかしら、今日は薬を塗っておいて、あんまりひどいようだったらジビインコウカに連れて行ってあげる、と言う。蕗子さんにとって、医者は赤ん坊のときから診てもらっている新山先生だけだった。おなかが痛くても、咳《せき》がひどくても、熱があっても、なんでも治してくれる神様のようなひと。だから、学校を休んで新山先生のところへ行けたら、とひそかに期待してもいたのだ。そこへいきなり、ジビインコウカという、重々しい響きのおまじないをぶつけられたのである。

ジビインコウカって、どこか人里離れた山奥の、お化け屋敷みたいなところだろうか。恐怖に駆られて泣き出した蕗子さんに、母親は、鼻と耳と喉《のど》を特別に診てくれる先生のことだと説明してくれた。それでもまだ怖くて、ぜったい行ってやるものかと心に決めていたのだが、翌日には両方の孔が塞《ふさ》がるくらい腫れてしまい、とうとうその聞き慣れない場所へ出向いたのだった。

安心しなさい、鼻の孔はふたつしかないんだよ、とジビインコウカの先生は、予想に反してやさしく語りかけた。両方腫れてしまえば、三つ目の孔はないんだから、もうばい菌は入ってこられないでしょう？　孔が空いていると、ばい菌たちは喜んで遊びにくる。詰まらせるなら両方詰まらせて、鍵《かぎ》をかけるべきなんだ。でも息ができなくなると困るよね。だから、苦しくないように、空気の孔を通してあげよう。すごい、と蕗子さんは思った。ジビインコウカの先生の話を聞いたら、自分がとてもいいことをしたような気がしてきたからだ。ややつよめの塗り薬を処方してもらい、言われたとおり綿棒で丁寧にそれを塗布してやったら、腫れは数日できれいに引いてしまった。以後、体調を崩して鼻が腫れるたびに、蕗子さんはこのときの先生の言葉を反芻《はんすう》している。つまらない思い出？　そうかもしれない。でも、ひとが聞いたらなんの面白みもないようなことこそ、じつは最良の思い出ではないだろうか。

「これから、お父さんのところへ行ってくるね、なにか伝えたいことがあったら、言ってみて」

手を合わせ、黙禱《もくとう》しながら蕗子さんは心のなかで母親に語りかける。返事は、もちろんなかった。どんなつまらないことでもいいから、もっと話しておきたかった。わたし、もうじき、母さんの年に追いついちゃうよ。冗談まじりに今度は声を出してそう言うと、待たせておいたタクシーでまた駅にむかった。

なるほど、お墓のはしごですか、立派な心がけですねえ、と年配の運転手に褒められて気をよくした蕗子さんは、鼻の腫れをものともせず、ふたたび電車で二時間かけて、まだなじみの薄い横峰の墓地へ移動し、ロータリーからタクシーに乗って、まあたらしい父の墓石のまえに立った。手順はおなじだ。汚れを拭き取り、水をかけ、花を添える。線香に火をつけ、たばこは開封しないでそのまま花横に積みあげて、マッチを置く。

隣の墓石の下の、あざやかな緑色の苔の生えた穴から、利口そうなとかげが顔を出していた。野良猫《のらねこ》が捕まえそこねた、まだぴくぴく動いているとかげの尻尾《しっぽ》を同級生の男の子がつまみあげて、友だちの女の子の襟元《えりもと》に投げ入れたことを、ふいに思い出す。笑い、悲鳴、泣き声。とかげの尻尾数センチで、ひとは持てる感情のすべてを出し切ることができる。記憶は、濡《ぬ》れたハンカチなのか、それとも切れたとかげの尻尾なのか?

鼻が苦しい。深呼吸に鼻が使えないなんて、これはやっぱりジビインコウカかな、と蕗子さんはあきらめの境地になる。それでも、墓地の甘い空気を口で吸い、口で吐いて肺の換気を試みたあと、申し訳ないけれど、お母さんからの伝言はないそうです、それから豆大福もありません、と手を合わせた。

敷地のすぐ横に雑木林があるせいか、ヤブ蚊みたいな羽虫が顔のまわりで悪さをする。ただでさえ腫れている鼻を刺されたりしたらたいへんだ。あわてて手で払いのけようとしたとたん、身体のバランスを崩して、ハイヒールの踵《かかと》が玉砂利に深く沈み、ざくっと鈍い音をたてる。体勢を立て直すと、蕗子さんは、机にあったノートのこと、磯村酒造の大旦那《おおだんな》さんから武勇伝を聞かされたこと、未完の百科事典のこと、ひょうたん池のわきのアパートで受けた電話のことなどを、小声でずっとしゃべりつづけた。

これで何度目だろう、もうすっかり十八番《おはこ》になっちゃったな、墓前報告のためにレーミンを練習台にしたみたい、と蕗子さんは苦笑する。でも、この話は父の口から聞きたかった。どういう順序でもいい。母親が死んだあと、ごくまれなお茶の機会ではついぞ教えてもらえなかった謎《なぞ》を、ひとつひとつ明かしてほしい、なぜ、という無理な問いかけはしないから、なにがあったかだけ、わかりやすい言葉で答えてほしい。

雑木林のほうから涼しい風が墓地に吹き込んでくる。木の葉がざわめき、お供えの花がふるえ、それまでまっすぐに立っていた線香の煙がかくんと折れて、よじれる。溢《あふ》れそうだった蕗子さんの想《おも》いも、白い煙といっしょにくるくると宙に舞い、澄んだ空に消えた。

＊

ひょうたん池の水面が風で波立っている。父のアパートの窓の左から右へ、つまり東から西へきれいな縦縞《たてじま》が、いつまでも止まらない動く歩道みたいにさらさら流れていく。陽が落ちてきたせいか、ほんの数センチもなさそうな波のひとつひとつに影が差して、電飾の光の移動を見ているようだ。

それほど遠くないところから、甲高い子どもたちの声が聞こえてくる。個々の音にばらけず、ひとかたまりになってやってきたものを、自分の耳で分解して聴きわけている感覚。それは放課後の遅い時間の雰囲気に似ていた。ある時を境に、にぎやかなそれらの声が急に消え失《う》せて湿っぽい沈黙があたりにひろがり、向こう岸を走る道路のまばらな車の音が池のくびれのあたりで増幅されて、食器棚のガラス戸をかたかた揺らした。

窓を閉め、カーテンを引いて明かりをつける。コンパクトで角度をつけて映し出してみると、鼻の腫《は》れはやや収まり、赤みも薄くなっていた。むんとこもったふるい畳の、藁《わら》のような匂《にお》いがちゃんとわかったのも、多少はよくなっていたからだろう。鼻ではなく花のほうは、まだ確約をとっていないけれど、レーミンの力添えがあればなんとかなると蕗子さんは自分に言い聞かせた。

先週とおなじように畳にごろんと仰向けになり、両腕を伸ばして脱力する。大きな、ながいあくびがひとつ出て、目尻《めじり》に涙がたまった。両腕はまっすぐのばしたままだったから、口を押さえることも、垂れた涙を拭き取ることもできない。洟《はな》をすすり、横着をして手の甲で涙をぬぐい、深呼吸をする。一回、二回、三回。三回目は、ふぅううん、と声もいっしょに出した。背筋がのびて気持ちがいい。そして、こんな格好でごろごろしていることに、ちょっと情けない気もした。

肺の奥深くに空気が入ったところで、電話がかかってきたら言うべきことを、もう一度頭のなかで整理する。もちろん、むこうの健康状態が良好で、意思にもかかわりがなければの話だが、昨日の宗方さんの言葉はまとめて伝えておきたい。食堂が閉じられるとき、宗方さんはこれまで世話になった厨房《ちゆうぼう》のおばさんたちへの感謝を込めてお別れ会を開いた。親しい運転手たちも集まっての、とてもにぎやかであたたかい会だったので、いつかまたやりましょうと盛りあがり、夏休みを利用した泊まりがけの飲み会となったらしい。二度目は、出入りの運転手たちの慰労会だと主張して許してもらったのだ。ついでに言えば、いざこざを起こした例の運転手は、誘いに乗らなかった数人のうちのひとりだった。

あまり堅苦しくならないよう見知ったひとにも声をかけ、楽しい夕べを過ごして疲れたところでお開きにし、梅沢母娘《おやこ》は花に包まれた積荷パレット製ベッドのある一角で休む。「一介の倉庫番」さんは事務所で眠りつつ不測の事態に備えてくれるのだ。彼女たちには、時間を見つけて紹介者の名和さんと父のノートの名和さんに関係があるのかどうか、まっすぐ尋ねてみよう。その名和さんを、たとえば磯村酒造の大旦那さんがご存じだったりしたら、どんな反応をするだろうか。考えはじめると、つぎからつぎに聞きたいことが出てきてしまう。

ただ、問題はそのあと、と蕗子さんは思っていた。いったい、わたしはなにをしようとしているんだろう？　父の遺品を整理して、この部屋を引き払うために動いているだけなのに、思いがけない記憶と時間とひととの出会いがからみあって、こんなところまで来てしまった。過去をどんなに振り返っても、それが未来につながるとはかぎらない。変哲もない「いま」を守っていくだけでわたしは精一杯なのに。

ほんとは、ひとりじゃなにもできないのに。

そのとき、頭のうえに放り出していたハンドバッグがぶるぶると音を立てた。え？　と蕗子さんは思わず耳をそばだてる。梅沢さんにはこの番号を教えてはいない。でも、まちがいなく、ふるえているのは携帯電話だった。コンパクトに触れているのか、プラスチックの倍音が響く。レーミンかな、と半身を起こし、手をぐいと伸ばしてバッグを引き寄せる。

「蕗子さん？」

「はい？」

それが自分の名前なのは明らかなのに、びくんとする。日曜日のこんな時間に、携帯で電話を受けることなんてめったにないからだ。とはいえ、だれの声かはすぐに識別できた。

「重田です」

「びっくりした。おどかさないでよ」

「おどかしてなんかいませんよ。いま、いいですか？」

「大丈夫よ」

ほんとに間が悪いな、と蕗子さんは思っていた。あいだに梅沢さんからかかってきたらどうしよう。もう一度気持ちを整理する時間がほしかったのに。しかしその反面、救われたと感じている自分にも気づいていた。

「さっきご自宅の電話にかけたんですけど、反応がなかったんで、ついこちらのほうを使っちゃいました」

「なにかあったの？」焦《あせ》りを隠して、蕗子さんは言う。

「いま、会社にいるんですよ、明日、出先で配る資料にミスがあって、図版の差し替えをしてるんです」

「そんなの会議のまえにやれば間に合ったんじゃない？」

「数が多いものですから、今日のうちに済ませておきたくて」

「ずいぶん仕事熱心になったのねえ」

蕗子さんは本気で感心した。のらりくらりが重田君のやりかただったのに。

「見えないところで努力してるんですよ」

その努力をちゃっかり報告しながら、重田君はつづけた。

「じつは、さっき、ここに電話があって、傘を返してくれっていうんです」

「はい？」

「このあいだ山城さんと焼き肉食べに行ったでしょう？　そしたら帰りに雨が降って、黄色い傘借りたじゃないですか」

「黄色い傘？」

父のノートに貼《は》り付けてある黄色い傘の話は、重田君はおろか、レーミンにさえしていない。ひょうたん池の人命救助を伝える切り抜きは磯村酒造の大旦那さんに見せたけれど、置き傘にまでは言い及ばなかった。傘を借りたことなどすっかり忘れていたので、意表をつかれた。

「お店のひとが、できれば今日か明日中に返してくれって、迷惑そうに言ってきたんですよ。雨の季節はまだつづくから、客用の置き傘はできるだけ確保しておきたい、三本とも持ってきてほしいって。怖い男の声でした。貸してくれた女のひとは、ぼうっとしてて、やさしかったのに」

「ぼうっとしてて、はよけい」

「女のひとは、やさしかったのに」と重田君は言い直した。

蕗子さんは身体《からだ》を起こし、正座をした。鼻が少しひりひりする。髪のほつれがその熱い鼻先をくすぐって、くしゃみがでそうになるのをなんとかこらえたものの、それで膝《ひざ》に力が入って畳ですれた。

「山城さんにはもう連絡しました。明日持ってきてくれるそうです。蕗子さんも、お願いできますか？　会社に持ってきてくれれば、三本まとめてぼくが返しに行きますから」

「わかった。ちゃんと持って行くけど、わたしのは透明の、むこうが透けて見えるふつうのビニール傘だったよ」

「そうなんですか？　ぼくのは黄色だったんだけどな」

重田君がなぜか不服そうに応《こた》える。駅まで三人いっしょに歩いたはずなのに、どうして傘の色に気がつかなかったんだろう。橙色《だいだいいろ》の街燈《がいとう》のおかげで色つきに見えるだけだと思っていたのだろうか？　そういえば、いつか重田君に、小学校に置き傘があったかどうか尋ねたことがあった、と蕗子さんは思い出す。

「山城さんは、なんて言ってた？」

「なにをですか？」

「色のこと」

「焼き肉屋で借りた傘、明日持ってきてくれますかってお願いしたら、いいよって、すぐ通じたんですけど、色のことはなにも言いませんでした」

「そう……。わたしだけ透明だったのかな」

父のノートに描かれていた置き傘の絵のことを、重田君にはいつか話してもいいかもしれない、とふいに思う。百科事典の「お」の項で「置き傘」を引いてもらおう。もしかすると正面を向いたライオンのようなイラストが出ているかも知れない。

「とにかく、忘れないでくださいね」

「了解。じゃあ、また明日ね」

そう言おうとしたとき、今度は文机《ふづくえ》の電話が勢いよく鳴りはじめた。

「あ、電話！」

現にいま電話をしているにもかかわらず蕗子さんはそう叫んで、まだ通話状態の重田君を混乱に陥《おとしい》れたまま、据え付けの受話器をあわてて取りあげた。

「もしもし」

聞き覚えのある女のひとの声がする。

「もしもし、蕗子さん？」

重田君の声が手もとからこぼれてくる。

やってみよう。父がやり残したことを、とにかく引き継いでみよう。先のことはまた考えればいい。携帯電話をそっと閉じ、深呼吸をひとつしてから蕗子さんは応えた。

「はい、めぐらし屋です」

解説　あたたかい謎《なぞ》

東　直子

離れ住んでいた父の部屋に遺《のこ》されたノート。それを開くと、自分が少女時代に父に贈った黄色い傘の絵が貼《は》ってあった。記憶が蘇《よみがえ》り、はっとする。そこにかかってきた一本の電話。「めぐらし屋さん、ですか？」。わずかな会話の切れ端から、生前の父の未知の時間へとつながっていく。

『めぐらし屋』は、「蕗子《ふきこ》さん」と丁寧に「さんづけ」されて描写される女性が主人公である。女性が主人公ということもあり、全体がやわらかな感覚につつまれている。

一人で淡々と生きてきた女性の亡《な》き父が残した謎。その謎を解くために、他者の中に残る父の記憶を探すことになる。それに付随する形で物語が進行していくのだが、この小説が一番大事にしているものは、ストーリーを運ぶことではなく、細部を丁寧に積み重ねた、そのときどきの文章による描写そのものなのだと思う。

例えば、小学生の時の貸し出し用の黄色い傘を知った瞬間、その傘の重み、その傘を絵に描いた気持ち、絵を受け取った父親の反応、そして傘が貸し出される前に見た「少年配達夫の空」のこと。又は、ロイヤルミルクティーを丁寧に淹《い》れる所作、その名前と味わいを初めて知ったときの感想、一緒にいた母のつぶやき、かばんの中身。それらのエピソードの背後から、感受性豊かな蕗子さん、シャイで優しい父、おしゃれで少し気の強い母、といった人となりがにじみ出す。

ある瞬間の記憶に、別の時間の記憶が連鎖して引き出されてくる。そして現在の思考が記憶に塗り重ねられ、新しい思考へと発展していく。読んでいると、自分の中の、あちこち錆《さ》びついていたりつまっていたりする壊れかけの思考回路が修復されて、めぐりがよくなってくるような気さえしてくるのだった。「めぐらし屋」の「めぐらし」とは、堀江さんの才能のキーワードなのではないか、とさえ思う。

文章によって刺激された脳が、文章に書かれなかった登場人物の動きを、目にしてきたかのように描き出す。いわゆる想像をかきたてられる、というものだが、非常にリアルなのである。

堀江さんは、読売文学賞随筆部門を受賞した『正弦曲線』の中で、「日々を生きる」ということについて、「なにをやっても一定の振幅で収まってしまうのをふがいなく思わず、むしろその窮屈さに可能性を見いだし、夢想をゆだねてみること」と書いている。又、受賞に関する読売新聞のインタビューの中で「日常は、地震計のように跳ねる大きな振幅ではなく、遠くから見ると直線に見えるほどの小さな浮き沈みで成り立っている。それは退屈に見えるかもしれないが、僕には退屈ではない」と語っている。日常に対するこの感覚は、小説に於《お》いても貫かれている。退屈ではない、と感じることができるのは、一つひとつのできごとを心をこめて見つめる意志があるからだと思う。

とにかく、堀江さんの文章を読むと、とても落ち着く。私は、短絡的で情緒的なところも多分にある人間なので、もういい年だというのに、あわてたり、落ちこんだり、うろたえたり、いらいらしたりしてしまうことがあるのだけれど、堀江さんの本を開いてその言葉を追っていると、沸騰《ふっとう》しかかっていた心が、必ず鎮《しず》まってゆく。ゆっくりじっくり読むことで入ってくる世界の景色や揺れ動く気持ちを現す言葉は、健やかな生き物のように安定した呼吸をしているようで、安心する。

《部屋のなかが、すうっと暗くなる。電灯を切ったのではなく、調光器のつまみを急いでオフのほうにまわして、おびただしい段差をなめらかに滑っていくのに似た光の落ち方だ。バスを降りたころから、春先特有の、靄《もや》の立つこまかい雨が降りはじめ、蕗子さんはここまで傘を差して歩いてきた。残念ながら黄色い傘ではなく、ショルダーバッグの底に入れっぱなしになっている茶色い折りたたみ傘ではあったけれど、灌漑《かんがい》用の溜《た》め池《いけ》のほとりに建っているこの木造アパートが傘の露先のむこうに見えたとき、その靄は春のせいだからではなく、すぐ近くに池があるから生まれたものなんだと蕗子さんはようやく気づいた》

呼吸をしているように生きている文章。生身の人間が受け止めている世界を、リアルにうつし取っているからだと思う。

『めぐらし屋』は、文章を味わいながら人生が細部の積み重ねでできていることを、体感できる小説でもあると思う。蕗子さんは、勤続二〇年のOLという現在を過ごしつつ、父と一緒に暮らしてきた自分の記憶を蘇らせる。一緒にいられなかった時間は、そのとき父と一緒にいた人の証言によって補われ、想像上の思い出が構築されていく。そのことによって記憶の中の思い出も新しくなる。読者は、蕗子さんという一人の女性に、蘇る記憶を通して親しんでいく。

蕗子さんは、次のように考えている。

《人生最初の記憶がそれぞれの年齢で異なるように、記憶を持つ生きものとなっていく過程もみなちがう。存在した記憶をいったん失ってからつくり直すのと、最初から存在しなかったものを無理にこしらえていくのとでは、どんな差異があるのだろうか》

小説の中心を流れる現在の時間と、その脇《わき》を流れる過去の時間、未来への予測。それは登場人物の数だけ存在する。小説の中ではすでに故人となった人も、鮮明な記憶の中で、死からはまだほど遠い者として生き生きと動き、語り、刹那《せつな》の感情をにじませる。そこに読者の時間とが重なり合って、その時だけの時空間が生まれる。

ふと、高野文子さんの漫画『黄色い本』を思い出す。片田舎の女子高生が、図書館で借りた黄色い表紙の『チボー家の人々』を読書しつつ送る日々を淡々と描いたもので、本の世界が女子高生の生活の中にときどき踏み出してくる。それが非常におもしろいのだが、ちょっとした言動で伝わる家族のあたたかな愛情や、主人公の律義《りちぎ》な性質が、『めぐらし屋』と似ているのである。

さらに、豆大福を手みやげに「めぐらし屋」の謎を知る人物に、バスで会いに行くシーンでの「折り詰めをうっかり縦にしないよう、蕗子さんは脚をぎゅっと閉じるように身体を硬くして、膝《ひざ》のうえで包みを水平に保ちつづけた」という描写は、高野さんの「バスで四時に」（『棒がいっぽん』に所収）という短編漫画の中の一コマと結びつくのである。ここでそのコマを引用できないのは残念だが、太ももの上で菓子折りを抱えたバスの中の女性の緊張感は、蕗子さんがバスの中で嚙《か》みしめているものと同じだと思える。

物語の筋をやや離れて細部に焦点がいく構成や、素朴な人々の中に潜むえも言われぬ不思議さ、訥々《とつとつ》とした会話の強さ、など、堀江作品と高野作品は共通点があると思うのは、私だけだろうか。ジャンルが違うので、堀江さんと高野さんが、影響を与え合ったということはないと思う。詩的な広がりのある世界を生み出すことのできる創作者の、偶然にして、確かな一致ではないだろうか。

さらに余談として。俳人の高柳重信氏の代表句集に『蕗子』があり、一人娘の名前も蕗子である。その高柳蕗子さんは歌人で、私と同じ「かばん」という歌誌に所属しているのだが、蕗子さんからは、前衛俳句の旗手と呼ばれた重信さんの話を聞くことがある。重信さんを「パパ」と呼ぶ蕗子さんは、いつもとても誇らしげに語る。そんな「蕗子」の存在が、この小説の着想に関係したのか、しなかったのか。

とにもかくにも、私はこの小説の世界全体の空気が、そして登場人物全員がかわいくて、愛《いと》おしくてたまらない。全員にまんべんなく作者からの愛情が注がれて、布に水がしみるように、しみこんでいる。読み終えたあとにも、おだやかな残響のようなものが残り、彼らのその後のことを、考えずにはいられない。

気持ちよく小説を反芻《はんすう》できるのは、あたたかな人間関係ながら、決してべたべたせず、それぞれの個が、自立した存在として適度な距離感を保っているからではないかと思う。

蕗子さんの女友達の「レーミン」とその母親と、「めぐらし屋」にかけてきた女性の口ぶりから派生した、母と娘の関係についての、次のような考察がある。

《同性ゆえの理解と無理解、肉親ゆえの全面的な肯定と全面的な否定。母と娘の関係は、きびしい親と子のそれを基本としながらも、姉妹になったり友だち同士になったり、また敵同士になったりする》

このように鋭い視点が時折さし挟まれている。堀江作品は、おだやかでやさしいだけではない。冷徹な部分を秘めている。だからこそ、身体に沁《し》みた言葉が深いところで光り、病みつきになるのだ。

父と娘。母と娘。毎日出会う職場の人。時折出会う古い友達。一期《いちご》一会《いちえ》の人。さまざまな形でのつながりが、人生に蓄積されていく。人と関わることはおもしろいのだと、素直に感じられる一冊である。

《蕗子さんにとって、父は少女時代を見守ってくれたころのままで、近しい感じはするのにその当時から抱えていた距離をなかなか詰めてくれない、あたたかい謎でもあった》

（平成二十二年五月、歌人・作家）

この作品は平成十九年四月毎日新聞社より刊行された。

堀江敏幸著
いつか王子駅で

古書、童話、名馬たちの記憶……路面電車が走る町の日常のなかで、静かに息づく愛すべき心象を芥川・川端賞作家が描く傑作長篇。

堀江敏幸著
雪沼とその周辺
川端康成文学賞・谷崎潤一郎賞受賞

小さなレコード店や製函工場で、旧式の道具と血を通わせながら生きる雪沼の人々。静かな筆致で人生の甘苦を照らす傑作短編集。

堀江敏幸著
河岸忘日抄
読売文学賞受賞

ためらいつづけることの、何という贅沢！異国の繋留船を仮寓として、本を読み、古いレコードに耳を澄ます日々の豊かさを描く。

堀江敏幸著
おぱらばん
三島由紀夫賞受賞

マイノリティが暮らす郊外での日々と、忘れられた小説への愛惜をゆるやかにむすぶ、新しいエッセイ／純文学のかたち。

堀江敏幸著
未見坂

立ち並ぶ鉄塔群、青い消毒液、裏庭のボンネットバス。山あいの町に暮らす人々の心象からかけがえのない日常を映し出す端正な物語。

堀江敏幸著
その姿の消し方
野間文芸賞受賞

古い絵はがきの裏で波打つ美しい言葉の塊。記憶と偶然の縁が、名もなき会計検査官のなかに「詩人」の生涯を浮かび上がらせる。

塩野七生著

ローマ人の物語 1・2
ローマは一日にして成らず
（上・下）

なぜかくも壮大な帝国をローマ人だけが築くことができたのか。一千年にわたる古代ローマ興亡の物語、ついに文庫刊行開始！

塩野七生著

海の都の物語
—ヴェネツィア共和国の一千年—
サントリー学芸賞（1〜6）

外交と貿易、軍事力を武器に、自由と独立を守り続けた「地中海の女王」ヴェネツィア共和国。その一千年の興亡史を描いた歴史大作。

塩野七生著

チェーザレ・ボルジア
あるいは優雅なる冷酷
毎日出版文化賞受賞

ルネサンス期、初めてイタリア統一の野望をいだいた一人の若者——〈毒を盛る男〉としてその名を歴史に残した男の栄光と悲劇。

塩野七生著

小説 イタリア・ルネサンス1
—ヴェネツィア—

地中海の女王ヴェネツィア。その若き外交官がトルコ、スペインに挟撃される国難に相対する！　塩野七生唯一の傑作歴史ミステリー。

塩野七生著

わが友マキアヴェッリ
—フィレンツェ存亡—
（1〜3）

権力を間近で見つめ、自由な精神で政治と統治の本質を考え続けた政治思想家の実像に迫る。塩野ルネサンス文学の最高峰、全三巻。

齋藤　孝著

孤独のチカラ

私には《暗黒の十年》がある——受験に失敗した十代から職を得る三十代までの壮絶な孤独。自らの体験を基に語る、独り時間の極意。

梨木香歩著

裏庭

児童文学ファンタジー大賞受賞

荒れはてた洋館の、秘密の裏庭で声を聞いた――教えよう、君に。そして少女の孤独な魂は、冒険へと旅立った。自分に出会うために。

梨木香歩著

西の魔女が死んだ

学校に足が向かなくなった少女が、大好きな祖母から受けた魔女の手ほどき。何事も自分で決めるのが、魔女修行の肝心かなめで……。

梨木香歩著

家守綺譚

百年少し前、亡き友の古い家に住む作家の日常にこぼれ出る豊穣な気配……天地の精や植物と作家をめぐる、不思議に懐かしい29章。

平松洋子著

焼き餃子と名画座

―わたしの東京 味歩き―

どじょう鍋、ハイボール、カレー、それと……。あの老舗から町の小さな実力店まで。山の手も下町も笑顔で歩く「読む味散歩」。

平松洋子著

おいしい日常

おいしいごはんのためならば。小さな工夫から愛用の調味料、各地の美味探求まで、舌が悦ぶ極上の日々を大公開。

平松洋子著

平松洋子の台所

電子レンジは追放！ 鉄瓶の白湯、石釜で炊くごはん、李朝の灯火器……暮らしの達人が綴る、愛用の台所道具をめぐる59の物語。

宮本輝著
夢見通りの人々
ひと癖もふた癖もある夢見通りの住人たちが、ふと垣間見せる愛と孤独の表情を描いて忘れがたい印象を残すオムニバス長編小説。

宮本輝著
五千回の生死
「一日に五千回ぐらい、死にとうなったり、生きとうなったりする」男との奇妙な友情等、名手宮本輝の犀利な〝ナイン・ストーリーズ〟。

宮本輝著
月光の東
「月光の東まで追いかけて」。謎の言葉を残して消えた女を求め、男の追跡が始まった。凜冽な一人の女性の半生を描く、傑作長編小説。

川上弘美著
センセイの鞄
谷崎潤一郎賞受賞
独り暮らしのツキコさんと年の離れたセンセイの、あわあわと、色濃く流れる日々。あらゆる世代の共感を呼んだ川上文学の代表作。

川上弘美著
ニシノユキヒコの恋と冒険
姿よしセックスよし、女性には優しくこまめ。なのに必ず去られる。真実の愛を求めさまよった男ニシノのおかしくも切ないその人生。

川上弘美著
なんとなくな日々
夜更けに微かに鳴く冷蔵庫に心を寄せ、蜜柑の手触りに暖かな冬を思う。ながれゆく毎日をゆたかに描いた気分ほとびるエッセイ集。

大江健三郎著
私という
小説家の作り方

40年に及ぶ作家生活を経て、いまなお前進を続ける著者が、主要作品の創作過程と小説作法を詳細に語る「クリエイティヴな自伝」。

大江健三郎著
燃えあがる緑の木
（第一部〜第三部）

森に伝承される奇跡の力を受け継いだ「新しいギー兄さん」。だが人々は彼を偽物と糾弾する。魂救済の根本問題を描き尽くす長編。

大江健三郎著
死者の奢り・飼育
芥川賞受賞

黒人兵と寒村の子供たちとの惨劇を描く「飼育」等6編。豊饒なイメージを駆使して、閉ざされた状況下の生を追究した初期作品集。

大江健三郎著
われらの時代

遍在する自殺の機会に見張られながら生きてゆかざるをえない"われらの時代"。若者の性を通して閉塞状況の打破を模索した野心作。

大江健三郎著
芽むしり 仔撃ち

疫病の流行する山村に閉じこめられた非行少年たちの愛と友情にみちた共生感とその挫折。綿密な設定と新鮮なイメージで描かれた傑作。

大江健三郎著
性的人間

青年の性の渇望と行動を大胆に描いて波紋を投じた「性的人間」、政治少年の行動と心理を描いた「セヴンティーン」など問題作3編。

山田詠美著
ぼくは勉強ができない

勉強よりも、もっと素敵で大切なことがあると思うんだ。退屈な大人になんてなりたくない。17歳の秀美くんが元気溌剌な高校生小説。

山田詠美著
アニマル・ロジック
泉鏡花賞受賞

黒い肌の美しき野獣、ヤスミン。人間動物園、マンハッタンに棲息中。信じるものは、五感のせつなさ……。物語の奔流、一千枚の愉悦。

山田詠美著
学　問

高度成長期の海辺の街で、4人の子供が放つ生と性の輝き。かけがえのない時間をこの上なく官能的な言葉で紡ぐ、渾身の長編小説。

中村文則著
土の中の子供
芥川賞受賞

親から捨てられ、殴る蹴るの暴行を受け続けた少年。彼の脳裏には土に埋められた記憶が焼き付いていた。新世代の芥川賞受賞作！

中村文則著
遮　光
野間文芸新人賞受賞

黒ビニールに包まれた謎の瓶。私は「恋人」と片時も離れたくはなかった。純愛か、狂気か？　芥川賞・大江賞受賞作家の衝撃の物語。

中村文則著
悪意の手記

いつまでもこの腕に絡みつく人を殺した感触。人はなぜ人を殺してはいけないのか。若き芥川賞・大江賞受賞作家が挑む衝撃の問題作。

新潮文庫最新刊

今村翔吾著
八本目の槍
吉川英治文学新人賞受賞

直木賞作家が描く新・石田三成！　賤ケ岳七本槍だけが知っていた真の姿とは。歴史時代小説の正統を継ぐ作家による渾身の傑作。

深町秋生著
ブラッディ・ファミリー
―警視庁人事一課監察係　黒滝誠治―

女性刑事を死に追いつめた不良警官。彼の父は警察トップの座を約束されたエリートだった。最強の監察が血塗られた父子の絆を暴く。

保坂和志著
ハレルヤ
川端康成文学賞受賞

特別な猫、花ちゃんとの出会いと別れを描く「生きる歓び」「ハレルヤ」。青春時代を振り返る「こことよそ」など傑作短編四編を収録。

杉井光著
この恋が壊れるまで夏が終わらない

初恋の純香先輩を守るため、僕は終わらない夏休みの最終日を何度も何度も繰り返す。甘く切ない、タイムリープ青春ストーリー。

江戸川乱歩著
地底の魔術王
―私立探偵　明智小五郎―

名探偵明智小五郎VS.黒魔術の奇術師。黒い森の中の洋館、宙を浮き、忽然と消える妖しき〝魔法博士〟の正体は――。手に汗握る名作。

沢木耕太郎著
作家との遭遇

書物の森で、酒場の喧騒で――。沢木耕太郎が出会った「生まれながらの作家」たち19人の素顔と作品に迫った、緊張感あふれる作家論。

めぐらし屋《や》

新潮文庫　ほ-16-5

平成二十二年七月一日発行
令和四年五月十日三刷

著者　堀《ほり》江《え》敏《とし》幸《ゆき》

発行者　佐藤隆信

発行所　株式会社　新潮社

郵便番号　一六二—八七一一
東京都新宿区矢来町七一
電話　編集部(〇三)三二六六—五四四〇
読者係(〇三)三二六六—五一一一
http://www.shinchosha.co.jp

印刷・株式会社精興社　製本・株式会社植木製本所

ISBN978-4-10-129475-9 C0193